U0102402

FIFTY WORDS FOR SNOW

NANCY CAMPBELL

［英］**南希·坎贝尔** 著　　席坤 译

中国社会科学出版社

图字：01-2021-1759号

图书在版编目（CIP）数据

雪的50种表达 / （英）南希·坎贝尔著；席坤译. —
北京：中国社会科学出版社，2022.2
书名原文：FIFTY WORDS FOR SNOW
ISBN 978-7-5203-9099-6

Ⅰ.①雪… Ⅱ.①南… ②席… Ⅲ.①散文集－英国－
现代 Ⅳ.①I561.65

中国版本图书馆CIP数据核字(2021)第184168号

| | | |
|---|---|---|
| 出 版 人 | 赵剑英 | |
| 项目统筹 | 侯苗苗 | |
| 责任编辑 | 侯苗苗 | 肖小蕾 |
| 责任校对 | 夏慧萍 | |
| 责任印制 | 王　超 | |

| | |
|---|---|
| 出　　版 | 中国社会科学出版社 |
| 社　　址 | 北京鼓楼西大街甲 158 号 |
| 邮　　编 | 100720 |
| 网　　址 | http://www.csspw.cn |
| 发 行 部 | 010-84083685 |
| 门 市 部 | 010-84029450 |
| 经　　销 | 新华书店及其他书店 |

| | |
|---|---|
| 印刷装订 | 北京君升印刷有限公司 |
| 版　　次 | 2022 年 2 月第 1 版 |
| 印　　次 | 2022 年 2 月第 1 次印刷 |

| | |
|---|---|
| 开　　本 | 880×1230　1/32 |
| 印　　张 | 7.875 |
| 字　　数 | 142 千字 |
| 定　　价 | 69.00 元 |

凡购买中国社会科学出版社图书，如有质量问题请与本社营销中心联系调换
电话：010-84083683

# 致

丧失了她的词汇却又努力将它们全部拾起的

安娜

即便是雪花本身也知道它自己本是不洁的。而每一片雪花却又执意围绕着那粒灰尘构建自我，这便是一切的开始。

—— 崔西·布里姆霍尔《亲爱的爱神》

# 目　录

序　章

i

# 序　章



　　几年前我曾经在冰岛住过几个月，租住的地方是救世军会议室改造过来的。我待的地方是个叫作锡格吕菲厄泽的小渔村，那时恰逢寒冬。由于气温极低，小镇一年中有很长时间都会有积雪，几乎要到每年的 4 月才会有融雪的迹象。临近锡格吕菲厄泽还有一个叫欧拉夫斯菲厄泽的小镇，同样常年积雪，不过住在欧拉夫斯菲厄泽的居民对于清扫积雪这件事并不积极，而在锡格吕菲厄泽，扫雪几乎是每个居民的一项社会义务。我一个人住，从我住的房子前门到最近的马路有一小段距离，若不去打理的话，雪大约能下到及腰的高度，而且有很长一段时间持续在下雪。我前来冰岛的本意是为了更好地描写雪，而抵达后我发现雪可并不总是和唯美浪漫的概念挂钩，在我住的这个村子，落雪便意味着劳动。谢默斯·希尼在他的诗歌《深耕》中曾经这样写过，"我没有圆锹，无法跟随他们的脚步"。这里的"他们"指的是希尼的祖先，希尼说自己有的只是一支笔，一支"用来深耕的笔"。身处冰岛的我即便本是抱着以笔来深耕的目的旅居于此，可我却常常不得不搁下它，向年迈的邻居克里斯蒂安借一把铁铲来清扫门前的积雪，当然我会把他家门前的积雪也一并清扫掉。

人们打扫的速度有时赶不上积雪的速度，密实的雪块堆积在一起甚至会让人有种错觉，即整个小镇都是由雪做的。深处被积雪包围的环境中，我觉得自己就像是卡尔维诺的小说《马可瓦尔多》中的主人公：

"他学会了如何把雪堆成一堵致密的矮墙。如果他愿意一直这么做，他甚至能为自己堆出几个完整的街区，这样的话就只有他知道每条街道通向哪儿，其他人都有可能迷路……不过现在看上去所有的房子好像都已经被雪覆盖了，城市里的纪念碑，屋顶的尖塔，树杈，每个角落几乎全部都被雪覆盖着，若是不使用铁锹清理积雪的话这里恐怕无法恢复到以前的样貌，若是由他来改造，这里大约会完全变成一座雪国。"

卡尔维诺很清楚雪能够使熟悉的场景变陌生。雪仿佛有重塑现实的能力，大地的各个角落被雪覆盖，包裹，清洁一新，有时雪甚至使一些建筑看起来像是悬在半空中。雪像是会障眼法一般，把一切暂时隐匿。它就好像是魔术师的那条毯子，毯子盖在助理身上，魔术师将剑插入其中，掀开毯子助理竟然毫发无伤。

雪就是这条神奇的白色毯子，它的魔力在于一切似是经它浸染，然而待它消失，一切又都维持原状。

十年前我第一次前往位于格陵兰岛北极圈以北的地界，那时我出走是为了躲避都市的纷扰，雪白色的尘嚣是我心之所向。虽然我的工作时常要以文字填满一页又一页的纸，而我却更偏爱永远保持空白的纸页边角，所以冷清的北方成了我愿意前往的目的地。以极地为背景的文学艺术作品不在少数，在艺术家和作家的眼中极地永远是静谧的，也是纯粹的。在冰天雪地中生活得越久，我愈发意识到——那些静谧和纯粹的叙事有时不过是来自千里之外一厢情愿的臆想，艺术作品中庞大的雪国世界与真实的严寒地带相去甚远。格陵兰岛北极圈以北的雪地上到处是雪橇和雪地车碾过的车辙，车辙下是被雪掩埋的庞杂的洞穴和根系。身处极地，我意识到雪并非静谧，它也不总是以纯白的面貌示人。我曾经和那些终日同雪打交道的人聊天，比如说因纽特猎人还有苏格兰山民等，我发现在他们眼中有关雪的古老知识流传到不同的文化中后总会演变成某种新的表达。

《雪的 50 种表达》可以被看作以世界各地不同语言为媒介对各种文化中有关雪的理解和叙事的一次探索。这本书既关乎气候也关乎语言，无论是气候还是语言，本来就都可以充当我们窥探世界的棱镜。通过一个单一概念的词语，我们有时可能追溯到一段遥远的历史或是与之相关的人类迁徙活动。就拿"雪"这个概念来说，在欧洲不同国家的人以不同的单词表述它，例如snow、snee、nieve，这些单词的词根相同，即古拉丁语nix和希腊语nipha。虽然有些单词中在原本的词根前添上了s，有些则保有其原来的面貌，可这并不影响我们辨认这三个单词之间的渊源。作为一本关于气候的书，我仍旧把焦点放在了那些我们即将失去的东西上，雪便是如此，如今在不少国家雪天越来越少，有些地方甚至终年无雪。气候一直在变化，而描述气候的语言以及我们理解这些语言的方式也跟着一起改变。我从2010年开始学习格陵兰语，自那时起我慢慢发现在因纽特人关于雪的表达中有不少谬误，而这些谬误在1988年被语言学家选择性地忽略了。也恰恰是在同一年，格陵兰语被联合国教科文组织列入《世界濒危语言地图》中。这本书中列出的一些语言在地球上的不少地方仍然在使用，比如西班牙语和乌尔都语，而像阿拉斯加、威尔士的因努皮亚克方言这样的语言则几乎处在消失的边缘，如今只有一些较小部落的长者才能够言说。

我于2019年9月开始动笔写这本书，那时关于英国脱欧和气候危机的争论不绝于耳，当时我还在德国参与了"为未来而战"（Fridays for Future）的环保游行。我用了六个月写完这本书，完成后的一周我和其他游行者戴着口罩一起走上英国街头参与了保护黑人权力的游行。在我看来，跨越语言障碍来阐释某个独立的话题是在当今的世界环境下弥合或跨越种种"界限"的有效途径之一。即便如今疫情影响着人们的生活和交流，我们能够借由纸面上世界各国的文字来一场环球之旅。在我收集的第一批有关雪的文字和图像资料中，其中有一张照片记录的是 1938 年在汉口（即如今的武汉）街头一群小男孩聚在一起打雪仗的场景，那时的汉口处在硝烟之中，而在我写书的当下，这座城市正饱受疫情之苦。在写书途中我最亲密的伙伴安娜突发中风，因此期间我常常在家和医院间往返。整个秋天我有不少时间都是在病房度过，我耳边的背景音是各类监护仪器发出的令人焦躁的杂音，而我多希望陪伴我创作的是柔软的、令人心安的落雪的声音。因着中风，安娜患上了严重的失语症，到了来年秋天的时候，她的症状有所缓解。她能够断断续续地说出些什么，安娜的遭遇让我意识到语言消逝的过程事实上是极其复杂的。而说到那些在某种语言中逐渐消逝的词汇，我们并不能将这种消逝浪漫化，而是要意识到，这种消逝往往是令人叹息的。不过尽管消逝在所难免，可我坚持认为，即便是一个单词，也能够让我们感受到语言的生命力，这大概便是我写这本书的初衷所在。

崔西·布里姆霍尔在她那首描述忏悔的诗中曾经写到了雪花，她将雪花中心不洁的部分描述成是"一切的开始"。

雪晶体是水分子无休止循环的一部分：从它的六角固态变成液态，然后变成气体。一片落在非洲鲁文佐里峰冰川上的雪花在经历了融化蒸发的过程后，可能会再次结冰，以新的形态落在克什米尔的苹果园里，然后再次融化蒸发，如此往复下去。一片雪花的生命历程和"雪"作为单词的生命历程其实是相似的——保有同样的内核，在不同的环境下以新的面貌落脚、存续。我们需要意识到，语言的力量是强大的，即便只是一个单词其威力也不容小觑，是语言使我们拥有了与马可瓦尔多同样的能力，即去解构以及重新想象眼前城市的能力。

# 1. Seaŋáš
## 松软的颗粒状雪
## 萨米语

　　她捡起一块最锋利的燧石，在岩壁表面画着线——先是用力画了一条水平线，然后在它之下再加一条水平线，又再加四条横长的线条之后，她在既成的图案之中开始涂刮填充。由燧石留下的线条可以看出此时她手上的力道并不像开始那样大，新的笔画短促而连续。距这位作画人刻下这些线条至今已有超过14000年的时间，这期间地球至少经历过一次冰河期，而即便经历了如此长的时间跨度，我们仍旧可以清晰辨认出这壁画描绘的长有华丽犄角的野兽。根据石器时代部族和克洛维斯人留下的更多壁画，我们可以了解到，当整个世界气候变冷时，驯鹿跨越南欧，在新墨西哥州被人类所发现。而那些用来描画驯鹿形象的燧石后来成为人们用来对付这批远道而来的家伙的工具。

如今，驯鹿主要栖息在极地圈，像是挪威的凯于图凯努（北萨米语写作 Guovdageaidnu）这样的地方，这里每年大约有一半时光都被积雪覆盖。在漫长而严寒的冬日里，气温可低至零下 30 摄氏度，此时驯鹿聚集在高原上，它们用蹄子或是头顶的犄角在雪地上挖洞，寻找埋藏在积雪下的地衣来果腹。到了春日，海岸边的青草以蓬勃的姿态冲破地表向上生长，驯鹿们一年一度的大迁徙便是时候开始了。它们会一路向北前往海边繁衍后代。驯鹿的向导是萨米人，在高寒地带的萨米人靠捕鱼、捕猎以及放牧为生。牧民依据春季的天气状况和积雪的深度决定何时开始引导驯鹿迁徙并把控迁徙的速度。他们深知寒冷和干燥的土地有助于驯鹿快速由平原穿越至海边。每当夜晚降临，白天被日光融化了些许的积雪随着气温骤降迅速凝结并在地表形成了薄薄的一层硬壳，当地人把这种状态的雪叫作 skavvi，驯鹿们通常会在此时趁着夜色移动。每天到了下午，地表的积雪化成雪泥，萨米人把这种雪泥叫作 soavli。雪泥地面并不适宜驯鹿们奔跑，所以下午便是它们休息的时间。在行进过程中，驯鹿身上的绒毛会随之脱落一部分，牧民可以借由落在雪地的绒毛找到走失的动物，同样地，掉队的驯鹿也可以借此重新找到自己的同伴。

萨米语中有不少词汇直接或间接展示了牧民与自然环境密不可分的关系。这门语言中关于"雪"的词汇极为丰富，它们分别描述了雪的下落方式、方位、深度、密度以及温度。对于萨米人来说，与他们日常生活关系最为密切的一种雪在萨米语中写作 seaŋáš，意思是"松软的颗粒状雪"。每年1月到4月，地表的积雪便呈现这种形态。如果用国际上通用的标准来做比较的话，seaŋáš 的形态近似于"深霜"（即英语中的 depth hoar）。这种颗粒状的雪为萨米人冬季放牧提供了极好的条件，驯鹿可以毫不费力地从其下挖掘出可以食用的地衣。与此同时，这种松软的颗粒状雪易融化，融化后的雪水可以作为饮用水供给游客。

　　萨米语中关于雪的一些词汇往往还和驯鹿有关，这一点也不足为奇，毕竟驯鹿是当地最重要的生物之一。举例来说，moarri 是一种不大受萨米人欢迎的雪的状态，它指的是"冰冻的、会冻伤动物四肢的雪地表面"。萨米语中关于雪的词汇有大约100个，而关于驯鹿的词汇更多，有大约1000个。不过即便萨米人对驯鹿和雪的了解绝对算得上深入了，可如果要深究在本节一开头提到的那位萨米妇女到底在涂画有关驯鹿的何种信息，我想萨米人也无法解答，唯一知晓答案的大概也只有那幅壁画本身了吧。

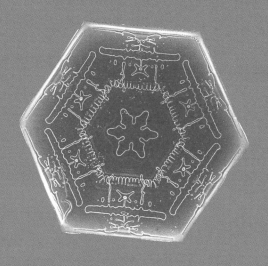

## 2. 雪女
## 雪女日语

　　道家哲学主张生命的诞生基于自然物质的丰沛与否，当自然资源极其充裕时，生命便会从中孕育而生：水足够深，则鱼出没；林足够密，则鸟现身。如此推演，我们也许可以得出如此推论——女人或许是从积雪中孕育而生的。

　　说到山中的积雪，我们就不得不提及日本。日本雪山的积雪深度在世界范围内都是数一数二的。说起日本的雪山就不得不提到日本阿尔卑斯山脉*，其由飞驒山脉（北阿尔卑斯），木曽山

---

* 　19世纪，在日本中部地区登山的西方人发现此地地貌与欧洲阿尔卑斯山脉极为相似，遂在一些著作中使用了"Japan alps"一词。于是，日本阿尔卑斯山脉这一说法就出现了。今天，日本阿尔卑斯山脉是飞驒山脉（北阿尔卑斯）、木曽山脉（中阿尔卑斯）、赤石山脉（南阿尔卑斯）的统称，这三条山脉几乎占据整个日本中部地区，被称为"日本的脊梁"。（如无特殊说明，本书注释均为译者注）

脉（中阿尔卑斯），赤石山脉（南阿尔卑斯）组成，这三座高山由北向南延伸将本州岛一分为二。日本阿尔卑斯山脉每年的积雪最深可达 40 米，而深度最深的积雪世界纪录便是在 1927 年日本阿尔卑斯山脉以西的伊吹山测量取得。不过我们必须意识到当时积雪最厉害的山峰很少配备有测雪仪，且在积雪最深时气象学家或是普通人也很难深入山中进行测量，所以我们不能百分之百认定伊吹山的纪录是完全准确的。

说起本州的雪山便一定要说一说"雪女"。"雪女"是日本古时传说中的一种拥有超自然能力的妖怪，或者你也可以把她理解为是精灵、魔鬼一类的存在。传说中的雪女出没于本州雪山中朦胧的白色光影间，她们拥有迷人的外表，而这外表很好地掩盖了其致命的杀伤力。"雪女"这个称呼由"雪"（yuki，"雪"）和"女人"（onna，"女"）两个词组成，最早有关雪女的记录是由一位诗人提供的，大约出现在中世纪。自那以后关于雪女的记述便多了起来，那些声称自己曾经见过雪女的人无一例外地将雪女描述成雪一般的存在：她一身白色装扮，皮肤冰冷，发色银白；她飘浮于山间，身姿绰约。雪女的身影总是令人捉摸不定，而这恰恰让人们对其更为着迷。许多关于雪女的故事都描述了其忽而出现又忽而消失的场景，其中有一个故事讲述雪女随着一阵风忽然变成了一团雪，还有一个故事是说雪女的爱人劝说雪女去沐浴，谁知她便就此在浴盆中消逝，只留下几根脆冰柱漂浮在水面上。

在所有有关雪女的故事中，她通常都会与人类产生爱情，而其在人间的停留却总是会因为人类的愚笨而受挫。在日本怪谈文学方面颇有造诣的作家拉夫卡迪奥·赫恩*也曾经写过一个关于雪女的故事，这个故事是他在武藏县的一位邻人讲给他听的。故事正式发表于1904年，而赫恩恰好在当年去世。

一天夜里，两个樵夫在从森林回家的途中遭遇了暴风雪，大雪使得他们无法渡河回家。所幸年老的茂作和他年轻的徒弟巴之吉找到了一个摆渡人的小屋，他们决定在里面短暂地休息一下。虽然小屋外狂风大作，风雪猛烈地敲击着窗户，两人还是很快便睡着了。夜里巴之吉恍然觉得门被风吹开，一团雪飘了进来。在雪光的映照下他惊奇地发现眼前出现了一个穿白色衣服的女人，她弯下腰来对着茂作的脸吹了一口气，呼出的气就像一团白烟。年老的茂作对白衣女人的到来没有任何反应，只是躺在地上一动不动。

---

* 拉夫卡迪奥·赫恩（1850—1904），即小泉八云，爱尔兰裔日本作家。赫恩生于希腊，于1896年入日本籍并改随妻姓小泉，他主要以怪谈文学闻名，主要代表作包括《怪谈》《来自东方》《灵的日本》等，本章节中作者引述的赫恩的雪女故事便收录于《怪谈》一书中。

紧接着那女人，也就是雪女，把身体移向了巳之吉，慢慢弯下身子。雪女和巳之吉四目相对，他们的脸几乎都要贴在一起了。雪女是美丽的，可她的眼神令巳之吉感到恐惧，在盯着巳之吉打量了好一会儿之后，雪女开口道，"我原本以为自己会像对待那个老头一样也把你杀掉，不过我改主意了，谁让你如此年轻英俊呢。你可千万不能把今天的事情告诉任何人啊巳之吉，包括你的母亲。但凡你向任何人提起有关我的任何，我一定会杀了你"。

　　巳之吉很惊讶她竟然知道自己的名字，他答应雪女自己会保守秘密。雪女随后便离开了小屋。见雪女离开，巳之吉从地上弹起来惊恐地向门外张望，可他看不到女人的身影，雪中也没留下半点有人来过和离去的痕迹。他一遍遍叫着师傅的名字，可茂作不应，他心里感到愈发恐惧，于是伸手去摸茂作的身体，已经身亡的茂作已然全身冰凉。

　　巳之吉用了一年才从当晚的恐怖经历中平复过来。平静下来后，他再次每日到森林里砍柴。一天下午，他在回家的路上遇到了一位年轻漂亮的女子，女子说自己名叫"雪"，几周后二人便成了婚。他们生活幸福，结婚后生了十几个孩子，不过任时光流逝，雪的容貌一点都不曾改变。一天夜里，孩子们都入睡了，看着在纸灯前做针线活的妻子，巳之吉心里的哪根弦像是被触动了一样，于是他开始对妻子讲起了多年前遇见雪女的经历，他对妻子说："看着你脸上的光亮，我突然想到了我十八岁时的一次离奇遭遇，那天夜里我遇到了世界上最漂亮的女人，她和你长得实在是太像了……"

巳之吉还没来得及继续往下讲，雪忽然站起来大声叫着："那个女人就是我！我告诉过你如果你敢告诉任何人那晚的遭遇我便会杀了你。不过现在我打算留你一命，看在我们孩子的份上。你最好是好好照顾他们，否则你是不会有好下场的……"

这是雪女第二次放过巳之吉，不过因此她也不得不放弃以人类的形态继续留存于世间。雪女用尽最后的气力对相伴多年的丈夫微弱地说了一些什么之后，便化成一团闪着光的白色薄雾，雾气倏地盘旋飘散至屋顶的横梁，瞬时间便不见了踪影。


雪女的故事让我不禁思索，人类和自然的相遇是不是都如雪女的故事一样总带着悲剧色彩？而我们和大自然那些最深刻隐秘的交往能否真的成为秘密被一直保存？雪花可以以冬日的面貌永存吗？它们总是会随着春日的来临而消逝吗？有些人把雪女看作是在荒野中吞噬独行之人的恶鬼，也有些人认定雪女是化形为人游荡在世间的拥有超自然能力的神女，不管怎么说，雪女这一形象赋予了雪灵性以及生命力，将其和人性连在了一起。

如今人们可以穿越长野西南部的一条长达 90 千米的公路，经此前往日本阿尔卑斯山，这条通道写作"Yuki-no-Otani"，其意为"雪的走廊"*。每逢深冬，铲雪工每日都要在此进行除雪工作，被铲除的积雪堆积在开辟出的道路两侧，形成了高达 20 米的震人心魄的雪墙。巴士和其他各类交通工具可以经由雪墙之间的道路进入山中。自这条道路被开辟起，人们再不用担心像旧时一样被迫困在山中，像巳之吉和茂作那样躲在屋中过夜避险。可我们都知道，吸引众多游客前来于此的当然不是这条安全性和通达性兼备的公路。人们心之所向的是由两侧雪壁开启的那深不可测的神秘雪世界。这雪世界开辟于混沌之中，延伸至未知之境。一些驾驶者甚至不满足于沿着雪之大谷行驶，企图向更远的秘境探索，寻找属于自己的雪国，满足对于未知的渴望。

---

\* 该景点在中文里普遍被译为"雪之大谷"。

# 3. Immiaq
## 融化的雪水和啤酒
## 格陵兰语

在经历由北美至欧洲几个小时的长途飞行后，坐在靠窗位子迎着晴朗日空的乘客大约会在看到整片被积雪覆盖的片麻岩山地时陷入恍惚，这些雪山不动声色地向远处延伸，在地平线处消失。透过飞机窗口向下看去，地图上的格陵兰岛被放大了数倍出现在眼前。将最南端的法韦尔角和最北端的卡菲克卢本岛相连，整个格陵兰岛的轮廓像是一颗巨大的由温带滴落至北冰洋的泪珠。格陵兰岛是世界上最大的岛屿，可其大部分面积都不适宜人类居住。数百年累积的降雪被挤压成数千米深的冰盖积滞在格陵兰岛中部。冰盖周围有大大小小的表面湖泊，这些湖泊将融水带至冰盖底部，形成了注出冰川。这些冰川轰鸣着，夜以继日地缓慢向峡湾以及海洋漂移。在岛屿海陆交汇的边缘地带也覆盖着随季节变化的冰层，这些冰层总是在冬天成形，在春日里融化。

很久以前，人们由四面八方前来格陵兰岛安家，可任谁都知道要在黑暗凛冽的极地冬日生存下来并非易事。岛上贫瘠的岩石生不出庄稼，所以新来的居民大部分时间都要奔波于冰天雪地之中寻找食物，房子对于他们来说不过是一日中用来短暂休息的驿站。连接岛上的社区和狩猎场的并非公路，而是一个个避风港以及一条条雪道。猎人们总是戴着护目镜以保护眼睛不受雪地反射的刺眼白光照射，他们每天的任务要么是寻找最佳的垂钓点，要么是拿着鱼叉在某个呼吸孔附近等待海豹的出现。自力更生是一个猎人的必备素养，他必须能够将几日所需的物资全部放在雪橇上并拖着它们在雪地中穿梭。不过猎人们不需要携带饮用水，毕竟随便在岛上什么地方将新鲜的雪和冰块放到锅子里加热一下一切就都搞定了。在格陵兰语中 immiaq 这个单词的原本意思便是"融化了的冰或是雪"，而因为猎人们以融雪煮水的习惯，immiaq 逐渐衍生出"饮用水"的意思。

在 19 世纪时，格陵兰岛的丹麦定居者对于食物多样性的需求越来越高，进口食物开始进入格陵兰岛。从那以后，immiaq 一词也被人们用来指代其他各式各样的饮品，啤酒便是其中之一。当地许多以狩猎为生的家庭对于自酿啤酒情有独钟。20 世纪 60 年代格陵兰岛西北部时兴的自酿啤酒配方是将 1 公斤麦芽、50 克啤酒花、少许酵母和 2 公斤—3 公斤砂糖混合在一起,当然根据个人对于啤酒烈度的不同喜好,配料的多少还可以进行微调。而这种自酿啤酒便被当地人叫作 immiaq。

如今,当地人对于啤酒的需求已经不仅关乎于烈度。啤酒酿造的革命早已蔓延至极地。2012 年,在离格陵兰岛移动最快的冰川终点不远处的伊卢利萨特,一家叫作伊米亚克精酿(Brewery Immiaq)的小型酿酒厂悄然入驻,该酿酒厂供应的啤酒种类多样,从颜色深沉口感丝滑的圣诞啤酒到淡粉色的皮尔森啤酒应有尽有。由伊米亚克精酿生产的这些啤酒被送往岛上酒店的酒吧里,供应对象是前来旅游的游客和常驻当地的气候科学家,人们可以一边喝着自酿瓶装啤酒一边透过酒吧的窗口对着不远处的冰川发呆,这绝对是在极寒地带最惬意的享受。塞尔梅克—库贾勒克大冰川是世界上移动速度最快最活跃的冰川之一,联合国教科文组织将其列入世界遗产清单,并建议人们对其进行保护,可这一建议并不能改变该冰川每年以 46 立方千米的速度融解的事实。要知道 46 立方千米的冰川的融水可是抵得上美国一年的饮用水消耗量。这座古老的冰川正以骇人的速度消融,想来这可不是当年猎人在冰上用来融雪的火炉造成的。

# 4. Smoor
## 受困于暴雪中而死
## 苏格兰语

我想不出还有哪种职业能比牧羊人更了解天气变化，长期生活在苏格兰边境的牧羊人更是个中翘楚。荒原上的放牧生活是难耐甚至残酷的。11 月底公羊和母羊会进行交配，来年春天母羊产下小羊——中间这段时间牧羊人需要带着羊群经历苏格兰漆黑冷峻的冬日。为了确保羊群，当然还有牧羊人自己，能够挨过温度极低的这段时间，牧羊人通常会把羊群赶到坡地山谷中的草场去。牧羊人这种放牧节奏已经维持了几个世纪之久，只不过如今的放牧条件可能相较旧时有所好转。牧羊人们对极端天气早就见怪不怪了，暴风雪并不是近些年才有的，18 世纪的冬天可是冷得怕人，比我小时候在千禧年之前经历的那个冬日还要恐怖，当时我住在切维厄特丘陵*以北山谷处的一个小村落里。

莫拉格是我儿时的朋友，滑雪橇和打雪仗贯穿了我们在切维厄特丘陵的时光（不过我们从来没有在雪地上画过雪天使）。有时我会到莫拉格家的农舍过夜，连接我们两家的是一条不到2千米的小路，没撒过盐的路面走上去会打滑，我和我的伙伴有时一个不留神便会一起跌倒，不过这丝毫不影响我们享受当下的欢乐时光，我们一边唱着小调一边蹦跳着前进，抬头便是冬日夜空中裹着霜冻的透着光的星星。第二天一早，莫拉格家的农舍会准备大量丰盛的早餐，早餐几乎要持续到中午，附近的邻居进进出出，有人带着盗版碟片和驱虫药前来，然后从餐桌上带着几个哈吉斯**或者是用锡纸包裹好的红枣核桃蛋糕离开。那时的我和莫拉格总是梦想能够在间隔年去澳大利亚或者日本，而在小孩子忙着做梦时，大人也有自己的安排：莫拉格的父亲在冬日便会开始筹划下一部莎士比亚剧目的排演工作，附近拍卖市场用稻草围成的圆形空地就是他的舞台，而当地的牧羊人和老师便是他的演员。莫拉格家的农舍充满文艺气息，藏有大量的图书，从奇幻冒险类书籍到《碟形世界》再到有关农牧业的经典书籍，几乎无所不包，

---

* 切维厄特丘陵也被称作切维厄特山，是横跨英格兰和苏格兰的高地。
** 哈吉斯即Haggis，是以羊的内脏制成的苏格兰传统菜肴。

很多个冬日的下午我都是在那儿度过的：当莫拉格和她的姐妹们因为一些小事陷入争执时，我常常会躲到书架前看看有没有什么可拿来一读。

人们有关苏格兰畜牧史的知识大多都源自詹姆斯·霍格，他的著作包括《牧羊人指南：关于绵羊疾病的实用论文》（1807年）以及其他几部小说和诗集。霍格曾经在亚罗谷一带的一个小棚屋附近放牧兼做农场工，根据自己的亲身经历，他以冷峻客观的视角如此描写苏格兰冬日末日般的天气状况："有的时候暴雪像子弹一样从山坡上扫射下来，山下的羊群不堪重击便会受困于雪中而死。"

霍格使用了smoored一词来表示"受困于暴雪中而死"。说实话我原本对这个词并不熟悉。霍格还写道，"受困于暴雪中而死——这完全是因为牧羊人没有把羊群赶到可以躲避暴风雪的地方导致的。"该词的应用范围并不仅限于羊群。我曾经在一本当代苏格兰字典上查到过这个词的释义，它被解释为"窒息，因呼吸困难而导致极度不适或是致死，多指被暴风雪掩埋窒息而死"。与霍格同时代的另一位诗人也在其作品中使用过smoor一词，我说的这位诗人是罗伯特·彭斯（霍格有一部作品就是以彭斯为主题的）。在彭斯1790年发表的长诗《汤姆·奥桑特》中，他描写了一个农民被鬼怪追赶的场景，在逃跑的过程中，农民遇见了另一个不幸的人，那人因严寒而死于风雪中：

> "待他渡过福特河，
>
> 只见到一个小贩暴毙于雪中。"

很显然，在描述任何一次令人不安的寒冬深夜之旅时 smoor 一词都有可能派上用场。对于生活在 18 世纪的牧羊人来说，为他们的羊群寻找庇护所绝非易事。1772 年，降雪从 12 月持续到了来年的 4 月，受困于严寒的羊群因过于虚弱而丧失了迁移的能力。霍格在书中描述了许多次他在贝里克郡亲历过的极端风暴天气。在 1794 年 1 月 24 日的那场寒潮中，暴风雪席卷了位于苏格兰桑克尔的克劳福德高沼地延伸至边境线的地界，有 17 位牧羊人因此丧命，幸存下来的牧羊人也损失惨重。其中一个叫托马斯·比蒂的牧羊人损失了大约千余只绵羊。在霍格的另一本叫作《牧羊者之历》的书中，他一开篇便记录了 1823 年 2 月 13 日的一场暴风雪，那是阴冷的一天，"山丘上堆积着一英尺到十英尺深的雪"：

> 山上的部分积雪已经融化，原本全部被白色覆盖的山脊显出了黑色的斑块。四散的羊群力图从积雪下挖掘出些什么，它们已经有好一阵子食不果腹了。在之前

的一个星期，狂风卷着暴雪呼啸而来，雪花覆盖了每一寸山丘，雪丘就像是巨型的白色石阵一样伫立在牧民眼前。天空中总是蒙着一层厚重的白色浓雾，这浓雾与山巅的苍白积雪融为一体，从远处看去，几乎无法分辨天地之间的边界。

霍格在该书中建议牧民们为羊群修建庇护所，并且给出了详细的指南。他认为最好是打造一些天然的庇护所，比如种植一圈苏格兰冷杉，当冷杉长高后，即便是暴风雪再强劲，冷杉也能起到很好的保护作用，帮助羊群抵御严寒和其他危险因素。霍格表示冷杉林虽好，可其生长周期太长，牧羊人们倒是可以选择搭建圆形的石墙，这样更为快捷简便。霍格所说的这种原本用作保护羊群的石墙具有一种简洁的建筑美感，因而格外被当代一些自然艺术家钟情，安迪·高兹沃斯便是其中之一。对于这种石墙的建造，霍格如是写道：

牧羊人最好能把石头砌成一个完整的圆圈，或是八角形，并且要记得留一扇门供羊群出入使用。门最好开向附近的天然庇护所，草场附近总能找到这样的地方。这样建成的石墙是最安全的，羊群待在其中绝不会因暴风雪侵袭而丧命，有了石墙的庇护，大风只能绕着石墙外打转，并将暴雪引向别处。等羊群习惯了这种庇护所，它们会在寒冷的夜里一拥而入。

牧羊人的生活并非总是与暴风雪搏斗，正如霍格记录的那样，在为羊群操劳了一天后，他们回到属于人类的庇护所，大可以尽情享用"老珍妮特最拿手的烤面包圈、燕麦蛋糕，当然还少不了畅饮威士忌"。

# 5. หิมะ
## 雪
### 泰语

　　据说在泰国只下过一次雪。那是在 1955 年 1 月 7 日，在泰国北部边境的清莱。傍晚六点的一场雨后，雪花接踵而至，一直到第二天早上地面还有雪的痕迹——以上这些是一些气象学家的说辞，不过也有人坚称，由当地报纸刊登的照片判断，白色的区域一定是冰雹，不可能是雪。在像泰国这样的热带季风气候国家，下雪绝对是大奇观了。这里山间夜晚的温度可以低至零度，低温使叶片上的露水结成白霜，但从没人见过山间落雪。虽然在泰国落雪似乎是煎水作冰，泰语中仍旧有与雪对应的单词 หิมะ，如此一来人们才能够有所指地谈论当年那场异景。

# 6. Kunstschnee
## 人造雪
## 德语

想想看你会不会遇到这样的状况，在某些时候意识到窗外的天气恰好可以传达你当下的情绪？事实上我们人类早已习惯了寓情于景。在舞台剧或是电影中，冬日雪景可以衬托主人公趋于平静的思绪或是淡然的感情结局。可人类是怎样以令人信服的形式再现雪景呢？德语中有 Kunstschnee 这么一个词汇，它指代的是一切人为制造的服务于艺术的冬日景象，包括干冰和人造雪。

在需要制造出脚踩在积雪上吱嘎作响的声音效果时，音效师们通常是将玉米淀粉装进塑料袋中，然后将拳头按在淀粉袋上来回挤压弄出声响。相比声效，制造雪景是更具有挑战性的。好莱坞技术人员早就意识到制造逼真雪景的首要条件是使用不会融化的材料。照明灯光的温度、加州常年温暖的气候以及拍摄电影过程中漫长的排演都限制着人造雪的选材。技术人员曾尝试使用石膏粉、玉米粉以及碎石棉来打造雪景。早在1941年，在拍摄电影《公民凯恩》时，工作人员用塑料泡沫做成雪人的样子作为电影的布景。

雪工厂公司以德国及英国为大本营发展业务，它如今已经成为了人工制雪行业的巨头之一。这家公司以环保造雪为主业，在近二十几年来为大量蜚声国际的影片打造了各种逼真的雪景。"由我们来创造冬天"是该公司的宣传语，该公司掌握了约150种制造人造雪的技术。

根据剧情需要，设计师可以利用不同深度不同密度的人造雪来制造不同的场景。人造雪的存在使降雪可以随时随地出现在世界的任何一个角落。染成红色的人造雪用来帮助打造拿破仑时期厮杀惨烈的战场，染成灰色的人造雪则用来表现维多利亚时期的城市风貌。有了人造雪，西班牙的某处可以摇身一变成为北极地区的斯匹次卑尔根群岛，而伦敦的伊灵区的某地可以被打造成珠穆朗玛峰一角。

在以冷战为背景的电影《间谍之桥》中，雪工厂公司以粉末作为材料制造了雪景；《谍影重重3》中柏林街头的飘雪也是该公司一手打造的。除此之外，《偷书贼》中操场上的皑皑白雪，以及珍妮弗·劳伦斯主演的《红雀》中，红雀学校前神秘感十足的雪景也都是出自雪工厂公司之手。打造这些雪景需要造雪师提前就位，他们甚至需要在演员到场前确定好降雪点。

电影《银翼杀手》中充满虚无感的城市景观给很多人留下了深刻印象，衰败的摩天大楼、水塔、明灭的霓虹灯和车头灯以及极端的天气，这些构成了电影虚无颓废的氛围。还记得在仓库屋顶上那场史诗般的大雨吗？濒死的复制人罗伊·巴蒂（由鲁特格尔·哈尔饰演）在倾盆大雨中手握着一只羽翼如雪的白鸽发表了那段经典的"雨中泪"演说，那段话听上去道理简单却充满超验意味，大意是所有看似充满张力的空间和时间的冲突最终都会消失，就像雨水会冲刷走眼泪一样。复制人的眼泪加上人工降雨触动了荧幕前的观众，那情景使人相信复制人罗伊·巴蒂拥有和真实人类近乎一致的情感。

该电影的续集《银翼杀手2049》的结尾是一场雪景，电影特效指导格尔德·尼弗泽当时找来了雪工厂公司。按照剧本，画面中雪花落在复制人警官K（瑞安·戈斯林饰）身上，他张开手，一片雪花轻盈地落在手掌中。"那个场景中的雪主要是用水和洗涤剂混合制造出来的，"雪工厂公司的首席执行官斯蒂芬森如是说道。在这样一部有关现实和虚拟的电影中，一切都真真假假，看似真实的雪其实并非真实。尼弗泽凭借这部影片获得了奥斯卡最佳视觉效果奖，这其中的功劳有一部分应该属于雪工厂公司。当你得知电影里的雪并非真实时，你还能够心无旁骛地观影吗？当你得知眼前的画面不过是在摄影棚内的绿布前演员凭借想象力进行的一番表演时，你会感到失望吗？无论如何，在如今这个即便是在冬季降雪也变得越来越稀罕的时代，人造雪被应用在更多场景中。除去在电影以及其他艺术作品中频繁出现，人造雪还被用来打造滑雪度假村。如此想来，我不禁在想果真到了2049年，真实的雪还会存在吗？

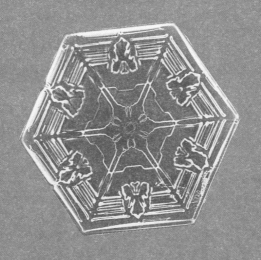

# 7. Onaabani Giizis
## 雪面上结着一层硬壳的月亮
# Popogami Giizis
## 破旧雪鞋的月亮
## 奥吉布韦语

关于雪的起源的故事版本有很多：有人说最初的雪见于温带地区的郊野，是六角形的晶体，也有人认为孕育雪的场所是遥远的高海拔山脉，还有人坚持地球的两极才是雪的故乡。无论如何，我们必须清楚雪的生成必须具备两个条件：一是低温，二是大气中的湿气。南极洲的麦克默多干谷便是无雪地带，即便其地处绝对低温地带，可由于湿度不足，也并不会出现降雪。美国五大湖地区的湿度足够，即便没有麦克默多干谷的低温，该地区也不乏降雪。这种类型的降雪被称作湖泊效应降雪，当干燥低温的空气越过大面积水域上空时，其与水面的暖空气结合，上升到高空再冷却，从而形成对流云层，云层漂浮至陆地便会形成降雪，处在下风口的地区尤其容易受到湖泊效应降雪的影响，比如密歇根州和纽约州。

阿尼希纳比族*的祖先的领地位于五大湖的苏必利尔湖附近，当然也包括苏必利尔湖。阿尼希纳比族的历法将一次新月至下一次新月之间的一整个周期划定为月份，每个月份都对应着自然界中的季节变化和自然现象。阿尼希纳比族使用的语言是奥吉布韦语，而不同区域的阿尼希纳比族还有各自的方言，对于不同的月相变化，在各种方言中有不同的表达。生活在苏必利尔湖以西的人把3月出现的月相叫作 Onaabani Giizis，译作中文是"雪面上结着一层硬壳的月亮"，在这之后出现的月相是"破旧雪鞋的月亮"，写作 Popogami Giizis。从字面意思我们可以得知，苏必利尔湖以西的地区在三四月这样的晚春竟然还会出现降雪。在这之后的月相便主要和树莓、谷物、落叶等联系在一起，直到11月，极寒天气再次席卷湖区，阿尼希纳比族将此时的月相称作"结冰的月亮"（Baashkaakodin Giizis）。

Onaabani Giizis 和 Popogami Giizis 这类关于月相和气候的

---

\* 阿尼希纳比族为北美印第安的一个部族。

表述代表了古老的智慧，它们代表着从旧时传承至今的知识，凭借这种知识，前来五大湖地区长途徒步狩猎的旅人们可以判断出积雪的深度和厚度，避免将自己置于危险之中。阿尼希纳比族对于月相的命名让我们了解到，在由冬入春时，雪在白天融化，却又在夜晚结冰，在这个过程中，暴露在外的积雪表面形成了一层比下面粉末状的雪更坚固的外壳，如果要用什么比喻来形容的话，它就像是烤面包最外层焦脆的硬壳。旅行者必须能够判断这层硬壳的厚度，以确定它是否坚固到可以支撑自己的体重，或者说确保这层外壳不会因为人的踩踏而碎裂，使得徒步者陷入雪堆中不可自拔。

在雪地中徒步的行者并不孤单，他们在行进途中可能会听到松树被风拂过发出的沙沙响声，瞥见树林中黑黢黢不明生物的影子，或者干脆看到熊、狼或雪鞋野兔的身影消失在远处。雪鞋野兔是一种身形相对较小的哺乳动物，但是它总是会留下与之体型不成比例的脚印。它之所以被叫作雪鞋野兔就是因为它的超级大脚，这使得它能够在厚厚的积雪中保持快速移动。为自己打造出超大"脚掌"以便在雪地中行进，这是生活在北部极寒地区的人们想出的方法，所谓超大脚掌就是扁平且受力面积大的雪鞋，这样的雪鞋可以避免人陷入雪堆。传统的雪鞋是用白蜡树或是其他质地坚硬的木材制成，人们通过蒸烤或是浸泡的方式软化木材，再对其进行弯曲定形，雪鞋的基本骨架便有了。再然后，便是复杂的编织过程：将生牛皮或是鹿皮裁剪成条，按照不同花样编织至木架上，牛皮条被编织成致密的格子，其复杂的纹路让人想到蜂巢。编织成这种纹路并不只是追求美观，更重要的是为了防止积雪卡在鞋底。如阿尼希纳比族的方言一般，雪鞋的种类也依据地域有所差别，从最北方的人们使用的圆形雪鞋，到近两米长的克里雪鞋，雪鞋的样子千差万别。克里雪鞋（Cree snowshoe）是一种在脚趾处翘起的雪鞋，这种形状非常适合徒步者在积雪的林间滑行。

Popogami Giizis 过去后便意味着冬天结束了，这时冰雪消融，雪鞋再也派不上用场了，在把雪鞋"束之高阁"之前人们需要花些工夫来对其破损的地方进行修补，为下一轮寒冷的天气做准备，试想一下，在清冷的月光下，猎人们坐在窗口修补雪鞋，大概是因为这样的画面，才有了"破旧雪鞋的月亮"这种描述月相的说法。

# 8. שלג
## 雪
## 希伯来语

他降雪如羊毛，撒霜如炉灰。他掷下冰雹如碎渣。

他发出寒冷，谁能当得起呢。他一出令，这些就都消化。

他使风刮起，水便流动。（《旧约·诗篇》147：16-18）

古代以色列人在《旧约·诗篇》中赞颂上帝，因其慷慨地创造出丰富的自然现象。以色列人认为雪是推动季节循环的一部分，它总是不期而至，一些人视它为灾害，也有人为它的稍纵即逝而感伤。古时中东地区的高山常年积雪。在所罗门时代，人们将雪由黎巴嫩的山区运输至提尔和西顿等沿海城市以及大马士革这样的内陆城市，以雪或是雪水烹饪是当时时兴的奢侈生活方式。雪的用途当然不止于此，在酷热难耐的收割季，劳作者会收集山间的积雪并将其储存在山丘的裂缝中，然后将水壶放置其中予以冷却。《旧约·箴言》第 25 章 13 节中对雪的这一实际用途有记载："忠信的使者，叫差他的人心里舒畅，就如在收割时，有冰雪的凉气。"

虽说在极地冰漠中雪也不常见，但生活在干旱地带的人们显然对雪更加珍视。中东地区干燥炎热，鲜少降雪，若有降雪出现那便几乎是等同于奇迹。先知约伯曾发问："你曾进入雪库，或见过雹仓吗？"（《旧约·约伯记》38：22）

说到在雪中探得珍宝的人便不得不提及希勒尔。公元前 110 年前后，希勒尔出生于巴比伦一个贫穷的家庭。希勒尔对于妥拉犹太律法有极为浓厚的兴趣，为此他前往以色列学习。进入妥拉犹太律法学堂的入场费是四分之一第纳尔，是希勒尔一天工作收入的一半。但希勒尔一直以来都极为虔诚，即便贫困交加，他也从没考虑过放弃学习。

某个寒冬的一天，由于找不到任何工作，希勒尔无法支付费用进入学堂聆听拉比贤人的讲学。据犹太法典记录，希勒尔爬上了屋顶，躺在天窗附近偷听室内的讨论。当天傍晚气温极低，入夜便开始降雪。希勒尔听课听得入神，即便身子逐渐冻僵并被落雪完全覆盖他也没有察觉。第二天一早，讲学拉比之一示玛雅察觉到似乎有什么东西挡住了天窗的光线，因此令学生到屋顶察看。尽管当天是安息日，禁止点燃明火，众人仍旧生火为希勒尔取暖，毕竟救人性命是当务之急。苏醒后的希勒尔继续学习，后来他成为历史上最有影响力的拉比之一，犹太人民的精神领袖，并创立了希勒尔学派。

希勒尔为人谦逊耐心，他教导学生要对自己的同类施予爱，以尊重的态度对待自己的肉身，因为肉身包容灵魂。他同时告诫学生要避免拖延，而这说不定就是在那个雪夜他在屋顶倾听到的拉比贤人的主张，当然也可能是前辈们曾传授于他的经验。

# 9. заструги
# 雪脊
# 俄语

极地的冰原地带广阔空旷，看似没有任何可供人识别并区分不同区域的明显特征，其实不然。探险者们通过观察天空中的反射镜像来评估前方究竟是水还是冰，太阳和阴影也是助其探路的好帮手。与此同时，极地气候也反映在看似不起眼的雪原上，风扫过雪地会留下不同的痕迹，制造出不同的雪的形态，例如雪丘、雪面波纹、雪脊，由此探险者得以确定方位。

雪脊的形成离不开持续的风力作用。当风持续由海面穿过浮冰吹至内陆地区，原本便存在的积雪被吹成丘状，就好像白色的沙堆一样。随着时间的流逝，这些由风形成的雪丘会被风力侵蚀，继而被雕刻成新的形态。当风力减弱，这些美丽的雪柱中的原子升华之后再结晶，凝结成了更加坚硬致密的结构，即雪脊。我们常会将天空的云朵与不同的事物联想在一起，同样地，不同形态的雪脊也会激发人们的想象。

"雪脊"一词最早出现于西伯利亚地区的俄语方言中，意为"槽"或"小山脊"。19世纪德国人按照俄语发音将该词音译，并转写为zastruga使用，用来指代冰。再之后zastruga逐渐演化，衍生出了英文中的sastruga（英文中也保留着zastruga的说法；sastruga的复数形式为sastrugi，zastruga的复数形式为zastrugi）。如今sastruga不仅是生活在俄语区的人们熟悉的单词，也是世界各地极地科学家经常用来指代"雪脊"的术语；它既是本土的，也是世界的。

俄罗斯沿海地区占北冰洋边缘地带的一半以上，该国在极地水域航行方面经验颇丰。在南半球，俄罗斯的科学家正以沃斯托克的一个科考站为大本营在冰层上进行深层钻探，探寻南极古代湖泊的方位。这么说来，难怪俄语是世界气象组织发布的《海冰命名法》中的四种官方语言之一（另外三种语言是法语、西班牙语和英语）。几乎每艘破冰船的驾驶舱里都会备有一本《海冰命名法》，在《海冰命名法》中sastrugi的定义是"由风蚀和沉积作用在雪面上形成的锋利的、不规则脊状物"。

在极地探险家的日志中，我们常能看到有关他们是如何穿越布满尖锐暴露的雪脊地带的记述。雪脊嶙峋又光滑，给探险家们造成了极大的困难。欧内斯特·沙克尔顿1907—1909年与探险队成员攀爬埃雷布斯山，那时他们便遇到了这些"令人讨厌的'雪鞋'障碍物"。据沙克尔顿说，当时他和同伴们穿着雪鞋在冰山一侧艰难前进，在看到一连串雪脊时他们沮丧异常，因为"这无论如何会影响他们前行的进度"。在回忆这段史诗般的探险经历时，沙克尔顿表示这些连绵的雪脊可把他的队友折腾坏了，"这些穿着雪鞋的先生们艰难地在雪脊间行进，就连平常一贯镇静的那些好好先生都抱怨连连。挪威鹿皮靴、滑雪靴、滑雪板在地上发出咯吱咯吱的响声以及轻微的类似锯齿般的声音，伴随着我的同伴们不时因路况艰难发出的咒骂声"。

雪脊让探路者们挫败，但同时它们又能指引方向。雪脊的形成是由于风力，所以其排布通常会和其形成时的方向保持平行，而雪脊质地坚硬密实，比雪丘或雪面的纹路存在的时间更长，因此探险者穿越浮冰区时可以依靠雪脊来指引方向。沙克尔顿也认可雪脊的作用："当天空阴云密布时，低层云会遮蔽所有地标。这时候一切看起来都是灰色的，想要辨别方向你唯一能做的就是找准一排雪脊，将指南针放在地上，然后测量出雪脊延伸的方向和指南针指向形成的夹角。如此说来，那些使得旅途变得艰难的部分，却又能在关键时刻助你前行。"

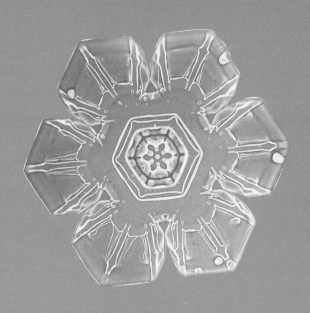

# 10. Hundslappadrífa
## 大如狗爪印的雪片
## 冰岛语

P.C.赫德利属于最早游玩冰岛的那拨游客，他曾经如是描述其骑马穿越当地的经历："我处在极端的兴奋状态，盯着眼前的山丘出神，一切就仿佛是在梦中一样，我迎着日光畅饮，因着四周的沉寂和当下的一切感到满足。"如今，越来越多的人前往冰岛旅行，希望在这片远离现代社会尘嚣的冰雪世界中觅得一份静谧。然而，冰川正在消失。2019 年，冰岛附近的一座冰川完全消融，这听上去似乎没什么吓人的，可科学家们担心的是岛屿附近余下 400 座冰川也将相继消融，他们预测到 2200 年，这里的冰川将悉数融化。因着气候变暖，岛上的空气已不再凌厉，原先因霜冻而产生的冰晶撞击的噼啪声已经变得低沉，原本咆哮的冷风也并不再骇人，现在的风声倒是有些像精灵尖声发出的怪叫。如今，与冰岛的冰天雪地景致一样出名的是当地的音乐。20 世纪 90 年代，富有神秘气息的冰岛歌手比约克在独立音乐的舞台上大放异彩，她向许多以英语为母语的人传递了音调符号的概念。自此之后，一大批冰岛独立乐队和后摇滚乐队开始百花齐放，而胜利玫瑰乐队是这其中最具有代表性的一支。不同于为了赢得更广泛的受众而选择用英语演唱的比约克，胜利玫瑰乐队使用冰岛语演唱，即便如此，他们仍旧受到了那些不懂冰岛语的英美听众的追捧。

到后来胜利玫瑰乐队的歌词连冰岛人也无法理解了，他们不再用冰岛语演唱。主唱乔恩西选择用其怪异华丽的假声演唱一种新创语言，他把这种语言叫作"沃兰斯卡语"（vonlenska），其义为"来自希望之地的语言"。严格意义上来讲它算不上是一种语言，因为它既没有词汇也没有语法，所谓"来自希望之地的语言"只不过是一系列含混不清的音节，它混合在乐曲中，其功能类似于乐器，是整体旋律的一部分。很多歌手在已经完成谱曲但是仍然没有决定歌词时会先使用这种含混不清的音节填充曲子，只不过没有人将其作为最终版本呈现。在胜利玫瑰乐队的 von、*ágætis byrjun* 和 *takk* 三张专辑中都有使用这种含混的音节作为歌词的歌曲。而在那张叫作《（ ）》的概念专辑中，每一首曲子皆由该类型的歌词呈现。我一直觉得《（　）》的专辑名称具有极强的暗示性，符号"（　）"本身是不是就意味着超越希望的语言呢——一如整张专辑中使用的语言一样。

我想过总有一天连人声都会从乔恩西的音乐作品中消失，一切只不过是时间问题罢了。2019年乔恩西和亚历克斯·萨默斯共同创作了一张令听众们印象深刻并且颇具氛围感的专辑《失物招领》，该专辑发表于二人的北美巡演之前。"这是一张介于过去、现在和将来之间的专辑，"萨默斯神秘地说，"它就像一位你似曾相识的朋友，你们之间熟悉又陌生。"这张专辑中有一首叫作"Hundslappadrífa"的歌，其意为"大如狗爪印的雪片"。在冰岛，这种被当地人叫作hundslappadrífa的雪片总是成片从平静的天空中迅速而轻巧地飘落下来，它的到来使得荒凉的冰原之地平添了几分柔和的色彩。每当这样的雪片铺满灰色的城市路面时，孩子们便兴奋起来，这可是堆雪球的好时候。据冰岛气象学家特劳斯蒂·乔恩松说，hundslappadrífa 一词最早见于1898年的一份报纸中。冰岛语中有大量描述雪的词汇：大多数人默认的用来指代雪的单词是 snjór，而 mjöll 是指"刚刚飘落的雪"，skæðadrífa 意味着"明亮的雪"，logndrífa 意味着"静谧的雪"。在众多词汇中，我仍然认为 hundslappadrífa 是最有魔力和魅力的。

雪花和音乐似乎总是形影不离：举例来说，柴可夫斯基的

《胡桃夹子》中有《雪花圆舞曲》，营造出落雪氛围的是清脆如水晶碰撞般的声响（由三角铁持续的敲击以及轻巧的手鼓制造出来的声音）。还有马文·盖伊的经典歌曲《紫色雪花》，整首乐曲以梦幻轻盈的氛围向人们许诺了一个蓝色天空中飘落紫色雪花的梦境。然而雪花和音乐并非天生一对，要知道落雪并不会发出任何声响，这是因为雪地上的气孔会吸收声音。

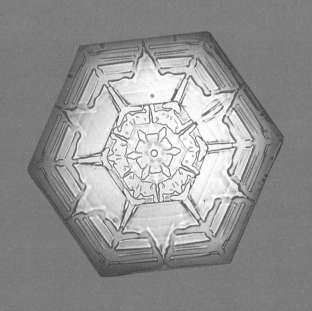

# 11. शीन्
## 雪
# 克什米尔语

查谟和克什米尔地区以优美的风景和丰沛的水资源著称，素
有"人间天堂"之称。喜马拉雅山脉最西端的山峰以及山坡上的
冰川存蓄着固态水，正是因融化的固态水的滋养才有了喜马拉雅
山脉下肥沃的河谷地带。融水于分水岭处奔流而下，汇入波光闪
烁的河流与瀑布中，其中的水蒸气升腾而上，形成云，云又变成
雨，雨水滋养了附近的田野和果园，这解释了为何克什米尔河谷
和查谟地区能够生产出大量优质苹果并因此形成产业。

该地区苹果的收获时节是在10月，不过许多农民情愿等到
11月再摘果，因为排灯节 * 前后苹果的价格更高。每个果园主对

---

\* 排灯节也被译作万灯节，于印度历每年10月或11月举行。

于何时采摘苹果都有自己的主意，他们当然清楚寒冷的天气可能会冻伤果子，可通常直到 12 月才会下大雪，所以等到 11 月再采摘也没什么影响。在 12 月前，果农们均会采摘完毕并将苹果运送至市场。农民们时常需要应对日益多变和难以预测的气候，并预防其可能对作物带来的影响。克什米尔河谷与查谟地区的农民也不例外，果农们经历过干旱、洪水的打击，暴雪以及缺乏降雪也一度对他们造成困扰。

2019 年的一天夜里，大雪纷飞，一夜之间当地的果园悉数被积雪掩埋。据斯利那加气象台统计，当年 11 月的雨雪量达到 118 毫米，是 1980 年以来的最高值。克什米尔河谷和查谟地区总计有 700 万棵苹果树，那场降雪毁坏了近一半的苹果树。当时当地新闻提要上全是有关降雪的报道。在克什米尔语中雪写作 शीन，巧合的是，在该地区有约 700 万人使用克什米尔语，这和当地的苹果树的总量是一致的。暴雪过后，掉在地上的和等待被打包装车的苹果都被埋在雪堆中，原本鲜红的苹果皮上长出了黑色的斑点，其细胞原生质内逐渐结出了冰晶。由于积雪的重压，成熟的树木倒塌了，多节的树干裂开了，原本强健结实的树枝被无情地折断，还有一些树木甚至被连根拔起；刚种下的小树也被完全压毁。除了可见的破坏，霜冻还深入树木的木质组织和木质细胞。树木开始氧化，氧化时它们会变色，接下来具有腐蚀能力的微生物便会开始侵蚀树干直至吞噬其生命。

自然灾害对于许多果农来说意味着一整年的艰难，而暴雪带来的灾害影响比其他灾害更为长远——想要重建起被毁坏的果园需要耗费极长的时间：一株苹果树苗从成长至结果需要 5 年，而从其成熟至大量产果需要至少 10 年的时间。克什米尔地区流传着一句古老的谚语："财富的降临如降雪，财富的消逝如融雪。"其意在表达财富的积累过程缓慢艰难，可辛苦积累的财富却有可能在一夜间化为乌有。

# 12. 첫눈
## 初雪
## 韩语

　　在韩语中，雪对应的单字发音是"nun"，和"眼睛"的发音相同。据说如果和意中人一起经历了冬天的初雪（韩语写作첫눈），你们便能永浴爱河。

# 13. Penitentes
## 如忏悔者的尖顶长帽形状的雪柱
### 西班牙语

在高海拔地带，天气晴朗时，广阔的雪地上可能会形成成片纤细闪亮的尖头雪柱，这些雪柱差不多有一人高，它们紧贴在一起，每一根的尖端都指向正午太阳的方向，看上去排列得整齐有序。从某个角度看，这些尖头雪柱不禁让人想起西班牙圣周忏悔游行中"忏悔者"们头戴的尖顶白帽。这种雪柱在西班牙语中对应的单词是 Penitentes，译作中文大约可以理解为"如忏悔者的尖顶长帽形状的雪柱"。

1835 年 3 月 22 日，查尔斯·达尔文从智利圣地亚哥前往阿根廷的门多萨，在穿过安第斯山脉皮乌昆斯山口附近的一片雪原时遇到了这种尖顶雪柱，这是已知的关于这种雪柱最早的记录。

达尔文写道："在冰雪融化的过程中，其中一部分融解成了尖塔或是圆柱的形态，这些雪柱高耸又紧密地分布着，骡子很难从其间通过。"达尔文认为是风力作用使得这些雪柱成形，就如同我们之前提到的雪脊一样，它们是探险途中令人望而生畏的路障。

事实上，我们已经知道了真正使成片尖顶雪柱成型的原因是太阳辐射。大片的雪地并不是完全平坦的，其表面有小的凹陷和坑洞存在。在晴朗干燥的日子里，这些凹陷和坑洞得以吸收更多的太阳辐射，因此比周围的积雪融化得更快。小的坑洞迅速溶解成洼地和空洞，如此一来，周围剩下的积雪便逐渐形成了尖顶的雪柱。

尖顶雪柱的成型依赖于消融作用，即水分子由固态直接转变为气态的过程。消融是升华的一种形式，而升华是炼金术的十二个核心步骤之一——物质被加热成气态后，炼金术士立即收集在蒸馏瓶颈部形成的沉淀物。在占星学中，天秤座负责掌管收集升华沉淀物的工作，除此之外，天秤座的职责还包括调节四季间的平衡和一天的长短。

形成如忏悔者的尖顶长帽形状的雪柱需要以极深的积雪为基础，形成过程需要日复一日，甚至是年复一年的积累，需要一次次暴风雨的洗礼。每一根尖顶雪柱的成型都以牺牲其"孪生兄弟"——周围的积雪——为代价。以此为代价成形的雪柱也并不能长久伫立，对极地探险者来说，它们如海市蜃楼和幻日奇观一样，不过是短暂存在的事物罢了。这种由光和水蒸气的共同作用形成的奇异形态的雪也会在短时间内消融殆尽，它们这么做的原因或许也是为了赎罪忏悔吧，可又有谁知道它们是缘何忏悔呢?

# 14. Cīruļputenis
## 如云雀般的暴风雪
### 拉脱维亚语

　　云雀是一种棕色的小鸟，它们在每年的 2 月底到 3 月抵达拉脱维亚繁殖后代。云雀的到来便意味着春天的到来。雌性云雀在开阔地筑巢，以柔软的青草铺在巢的边缘，雄性云雀则在半空中飞舞盘旋向雌鸟求爱。乔治·梅雷迪思如此描述雄鸟在求爱时发出的鸣叫："他的歌声就像是一条银链子 / 一段段被啁啾、如哨子般的鸣响、咕噜声和战栗声连接 / 从不曾间断。"雄鸟有时飞得很高，从地面上看去其身影只是一个遥远模糊的斑点，有时它又在低空盘旋，几乎就在那些站定听其鸣叫的人头顶上方。据说雌鸟喜欢与在空中盘旋时间最长、歌唱时间也最久的雄鸟进行交配。

在拉脱维亚语中 Cīruļputenis 一词意为"如云雀般的暴风雪",这种暴风雪是指春天的意外降雪。人们之所以将云雀与春天的暴风雪联系在一起,大约是因为彼时的雪花就好像雄性云雀的歌声一样从高处飘落至地面;也好像雄雀的翅膀,在半空盘旋时用力拍打着空气。

# 15. ⵏⵙⵖⴼ
## 雪
### 切罗基语

自新泽西州的松林荒地至佐治亚州的奥克费诺基大沼泽生长着许多长叶松树，这些长叶松林连接成长长的林带贯穿了美国东部。松树的外观并不会随着季节的更迭而发生明显的变化：非要讲什么变化，一来，到了深秋随着光合作用的减弱，针叶的颜色会变得灰暗；二来，到了冬天，会有积雪覆盖在树枝和地面的松果上。为什么松树能够年复一年地维持一副面貌，而其他树木则总是产生落叶呢？

这是因为树叶中的水分会在冬天结冰，结冰的过程以不可逆的方式损害了树叶中的植物细胞。而松树纤细的针叶比橡树叶和枫树叶这样的树叶表面积小，因此其可能受到的损害就要小得多。与此同时，覆盖针叶头的蜡质也提供了一层保护。随着天气转冷，针叶内的水分会移动至细胞之间，并且松树自身会分泌一种蛋白质，也就是树脂。这种树脂可以起到防冻剂的作用——它的存在会迫使冰晶结成六边形，而这种形状的冰晶对树叶内细胞的伤害则小得多。多亏了这套机制，针叶能够安然在松树上度过数个寒冬。唯一会造成针叶脱落的是其自身的衰老，不过脱落的老叶很快就会被新叶取代。

切罗基人是居住在美国东南部林地的土著部族，流传于该部族的一个古老寓言以童话般的方式阐释了松树的这一特质：

很久以前，森林中的鸟类、动物和树木间都能自由地相互交流，不同物种间会在困难时期互相扶持。像现在一样，白昼变短，夜晚变长，这便意味着天气转冷，森林中最小的鸟儿便会成群飞向南方，寻找温暖之地过冬。一年秋天，一只麻雀由于翅膀受伤而无法和它的同伴一起南飞，便孤单地留在森林中。下雪了，孤单的小麻雀虚弱又害怕，霜冻刺穿了他的羽毛，他浑身打着寒战。小麻雀从一棵树跳到另一棵树上，努力寻找躲避风雪的落脚地。他先是请求橡树，希望能在其上筑巢，然后是枫树，再然后是榆树和白杨树。这些树都不愿意接纳一只受伤的鸟儿前来筑巢，他们无情地抖动树枝把小麻雀甩回到暴风雪中。

只剩下一棵高大的松树了。大松树听见一只小鸟在它散发着香味的树干下啜泣，好心询问小麻雀是怎么了。在听了小麻雀的故事后，大松树说道："我的树叶提供不了什么保护，它们像针一样，我的树枝上到处都是粘人的汁水，可我十分愿意为你提供一个庇护所，尽管它可能有些粗糙。"就这样，麻雀在松树上安了家度过了整个冬天。他蜷缩在松树鳞片状树皮的缝隙里。寒风吹过树梢，积雪压在枝头，深冬来了。在漫长而漆黑的夜晚，小麻雀将鸟喙埋在折断的翅膀下，然后便陷入了深沉的睡眠中。

终于，春天来了。松树长出了鲜绿的新叶，人们把这种新叶叫作"蜡烛叶"。鸟儿们成群结队地从南方飞回来了，小麻雀见状高兴地从一根树枝跳到另一根树枝上，他忽然意识到自己的翅膀已经愈合了。

森林之魂听说了这件事后，召集林中所有树木，斥责了那些没有为麻雀提供庇护的家伙。为了惩罚枫树、榆树和白杨树，森林之魂让他们在每年秋天落叶，如此一来这些树木在天气最冷的时候会失去叶子的庇护，忍受寒风和落雪的侵袭。而松树却因其慷慨和热心被嘉奖以一年四季常青的能力。

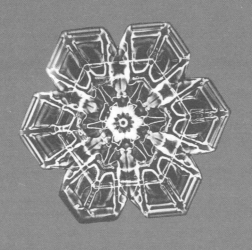

# 16. Theluji
## 雪
## 斯瓦希里语


颜色对马赛人有着巨大的象征意义，马赛人的领土从肯尼亚的裂谷平原一直延伸到坦桑尼亚北部的低地。对于他们来说黑色意味着神圣，黑色让人联想到乌云密布的雨天，黑色的衣服曾经被当地女性作为生育能力旺盛的标志。积云、雪和食草动物挤出的奶水的色彩——白色——则意味着和平与安宁。

黑色和白色两种色彩在乞力马扎罗山的山顶交汇。这片宏伟的山峦由三个火山锥组成，分别是基博（"白山"）、马文济（"黑山"）和希拉。马文济和希拉火山已经崩塌了，剩下的基博火山则已休眠了很长时间，不过说不定哪一天它会再次爆发。基博火山山顶常年被云雾环绕，而当天空放晴时，你便会明白为何它被叫作"白山"：其山顶被几个世纪的降雪形成的冰川所覆盖，在强烈的日光下冰川与蓝天的色彩对峙，制造出仿佛幻象的视觉效果。

乞力马扎罗山是为数不多位于赤道地带看得到雪的地方（在坦桑尼亚的官方语言斯瓦希里语中，雪一词写作 theluji）。如今有游客愿意花上几千美元徒步攀登基博火山，只为了一览山顶风光。早在19世纪，德国探险家便登上基博火山顶并留下了攀岩记录（五大湖区的登山史也是基于早先德国殖民者在当地的攀岩记录，在这之后英国殖民者也做出了"贡献"，殖民者的攀岩记录被后来的学者划定为殖民叙事的一部分）。姑且不论登山探险和殖民之间的关联，德国人大约的确是第一批登上乞力马扎罗山顶的人。有人可能会提出疑问，当地人在这之前没有攀登过乞力马扎罗雪山吗？当地人笃信山中有自然和先祖的魂灵，登山则是对先祖和自然的不敬。当然如今不同于以往，包括马赛人在内的当地人开始以向导以及搬运工的身份来往于山间。与向山顶奋力进发的游客形成鲜明对照的是从山顶奔涌而下的冰雪融水。冰雪融水是马赛人饮用水和生活用水的主要来源，山顶冰川的加速消融深深困扰着他们。马赛人的聚居区距离赤道以南不过3度，应对干旱是马赛人的长期议题。而冰雪的加速消融便意味着当地水源的加速减少，在没有其他水源供应的情况下，如果有一天乞力马扎罗的冰雪消失殆尽，那么马赛人将陷入永久的干旱中。

马赛人信奉的宗教的核心思想是尊重自然平衡，他们认为地球上的生灵皆是由掌管天空和雨水的神明孕育，该神明与大地之神协同合作，才有了万物的生生不息。他们还认为所有的自然现象都代表着神明的力量与决断，尤其是那些与天气有关的自然现象：雨水代表祝福，干旱代表惩罚，雷电是愤怒，而彩虹则是喜悦的赞许。乞力马扎罗雪山则被视为人性与神性的交汇点。

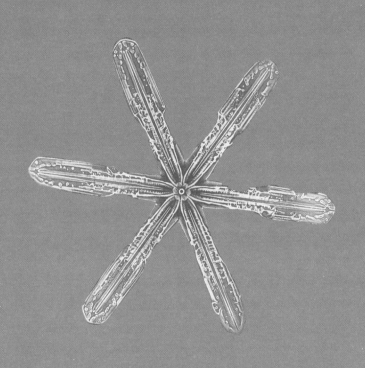

# 17. Avalanche
## 雪崩
## 法语

我们当然希望雪落下后便能安分下来静止不动了，可这往往是我们的一厢情愿罢了。在高山上，每一片雪花都是不安分且危险的。高山积雪的形成受多种因素影响，其形态随时可能产生变化。我们不能理所当然地认为雪落下后一切便尘埃落定了。山间积雪的不可控性给经营滑雪场的人带来了诸多挑战，他们需要每日检查以确保雪坡的安全性。

阿尔卑斯山跨越了几个国家的边境——包括法国、意大利、瑞士、奥地利，这一事实从法语中表示"雪崩"的单词avalanche的构成我们便能一窥端倪。avalanche一词是阿尔卑斯地区方言词汇lavanche的变体，也和古法语单词avaler有关联

（avaler 意为"下降"），当然也有人认为 avalanche 一词源于高卢-意大利语支（支持这一说法的人指出 avalanche 的后缀 anca 是利古里亚语，即高卢-意大利语支的一种）。自 18 世纪后期开始，avalanche 被英国人广泛使用，这是因为"大游历"时期大量英国年轻人前往欧洲，在那儿他们见识了阿尔卑斯山平静时的卓越美景，也目睹了其雪崩时呈现的骇人面貌。

人们把 1950—1951 年称作"恐怖之冬"，在这段时期阿尔卑斯山发生了 600 多次雪崩，导致 265 人丧生。如今每年都会有 150 人至 200 人因雪崩而丧命。法国阿尔卑斯山的洛塔雷山口是科学家们进行雪崩动力学研究的实验测试点之一。科学家们在测试点研究雪崩路径，挖掘雪坑，检查不同雪层的构成，探索积雪、天气条件和地形之间复杂的相互作用，他们努力在每一层积雪中探寻蛛丝马迹，寄希望于通过实验和科学数据帮助人们有效预测雪崩的发生。

科学家们发现，晶体大而松散且不致密的雪花结构是十分脆弱的，因为这种类型的晶体连接点较少。由这种雪花结构引起的雪崩被称作"粉状雪崩"，这种雪崩的速度极快（高达 330 千米 / 小时），积雪崩塌时威力相当强大，通常伴随着具有极大破坏力的强风。在春天，阳光明媚的山坡上的积雪会因受热而迅速融化，这便会导致被称作"湿雪雪崩"的灾难。最常见的雪崩发生于不受日光直射的山坡的阴凉地带，阴凉地带的雪层之间粘连得并不密实，受到滑雪者或是雪车带来的震动的影响，这种积雪中的裂缝一旦出现便会迅速蔓延扩大，形成"板状雪崩"。由此可见，与普遍的看法相反，雪崩并不是由噪声引起的。

法国所有的滑雪胜地都设有雪崩防控组。在全国范围内有2500余名雪山巡逻员，他们在共计140个观察哨进行监测。他们每天需要收集两次有关当地风雪的信息，包括风速、风向、雪的厚度、质量和积雪高度等。除此之外，巡逻员还会使用探测仪来测量雪层的稳定性。所有这些数据都被用来预测雪崩，一旦发现异常，他们就会采取必要的干预措施。

防止雪崩的一种方法是以可控的方式触发相对较小的雪流，以此来检测雪坡的稳定性。巡逻员们过去最常使用的也是最危险的方法是亲自将炸药带到山坡上，然后将炸药放置在雪地上，撤退到远处后点燃引线。不过如今他们青睐采用更安全的方法——通过直升机或者滑雪缆车向下投掷炸药。除此之外，最新发明的一些燃爆方式让人想起詹姆斯·邦德电影中的桥段：人们发明了一种叫作 Avalex 的引爆装置，其外表是气球，内部则充满了由氢气和氧气混合而成的易燃气体；还有一种叫作 avalancheurs 的运载火箭，这种火箭能将含有加压氮气的爆炸性混合物精确发射至山腰，接着巡逻员只需要在远处的办公室内按下遥控器，便可以完成引爆。即便有滑雪救生员保驾护航，滑雪者们仍需要意识到雪崩的危险性，尤其是如果你热衷于滑野雪，那么切记要在冒险前做足必要的防范措施。

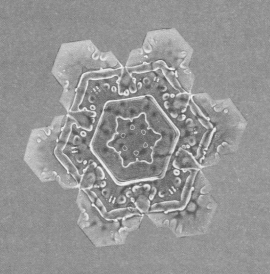

# 18. Tykky
# 树冠积雪
# 芬兰语

 

 

J.R.R. 托尔金在 1953 年 6 月 7 日写给诗人 W.H. 奥登的一封信中提到了第一次接触到芬兰语时的感受:"那感觉就像是发现了一个保存完好的酒窖,里面装满了你从未尝到过的味道奇妙的葡萄酒。它着实使我陶醉。"芬兰语作为乌拉尔语系中芬兰-乌戈尔语族的一支,与爱沙尼亚语以及波罗的海区域居民使用的其他几种语言极为相似。作为语言学家的托尔金意识到,芬兰语中的某些词语(如 tykk)原本属于北日耳曼语支(tykk 一词和古挪威语中的 þykkr 颇有渊源,þykkr 意味"厚重的,大块的",而 þykkr 由原始日耳曼语中的 þekuz 一词演变而来)。形式陌生而复杂的芬兰语为托尔金日后构建其虚构的中土大陆的语言体系提供了灵感，这种语言体系被他命名为昆雅语，一种属于精灵的语言。

Tykky（也写作 tykkylumi，其中的词缀 -lumi 意为"雪"）指的是冬季森林里因降雪而形成的树冠积雪，大量的积雪将树干整体包覆住并形成了奇异、空灵的造型，其令人着迷的程度如同芬兰语之于托尔金，也如同一件蒙尘的老古董之于收藏家。树冠积雪常见于芬兰北部地区，主要在深冬形成。云雾或者潮湿空气中的水滴与树皮接触，因着低温会立刻在树皮表面形成一层白色硬质的晶体层，这便是所谓的树冠积雪。如果强风只从一个方向吹来，那么积雪只会附着在树冠的一侧。当然我们也常看得见积雪将整棵树完全覆盖的景象。一株高大的云杉最多可以承受三吨重的积雪，为了防止因积雪而负载过重，树木自动发展出了一种自我保护机制，即生长出短粗的树枝。树冠积雪在严冬也会有短暂消失的时候——在温度攀升至零度以上并且持续一到两天内风速适中时，积雪便会消失。不过气温降低后积雪便会重新形成，树冠积雪一般会持续至每年 3 月，也就是白天的平均气温回升至零度以上时。

树木在芬兰文化中一直都有着重要的地位。在芬兰民族史诗《卡勒瓦拉》中有一位被称为"森林建筑师"的人物，散伯萨·柏勒沃宁。柏勒沃宁在世界初创之时在地球各个角落播撒种子，创造了所有的森林、沼泽和草地。若是你有机会在冬日漫步于挪威北部地区的森林，在享受着林间泥土和树脂芳香的同时，你定会感受到一种神秘的力量。而在暴风雨过后的粉蓝色天空的映衬下，这种神秘的力量和氛围愈发凸显了。低矮的树木几乎周身都被积雪覆盖，甚至树干的形状都完全改变了，说来也有趣，我们总认为雪是几乎没有重量的，但它造成了与千斤重物一样泰山压顶的效果。被压弯的树枝和树干向下倾斜着，在漫长冬日的黎明和黄昏的映衬下，它们就好像是在短暂休眠的某种精灵，仿佛下一秒就要动起来。树冠积雪形成了圆润柔和的轮廓，让人想到萨米人以桦树树瘤制成的库克萨木杯，也让人想到芬兰画家托夫·扬森绘制的外形酷似河马的姆明，想到它那圆润的毛茸茸的白色肚皮。

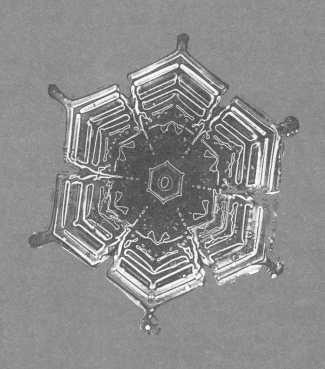

# 19. برفانی چیتا
## 雪豹
## 乌尔都语

在巴基斯坦北部兴都库什和喀喇昆仑山脉崎岖的荒野中，徒步旅行者或许会在雪地里偶然发现雪豹留下的爪印。虽说该地区寒冷干旱，但这种世界上体型最大、行踪最难以琢磨的猫科动物却可以悠然自得地生活。雪豹的活动范围主要集中在喜马拉雅山地以及中亚地区约 1000 平方千米的高海拔地带，这些家伙对国界线这回事可完全没概念。不同国家和地区的语言对于这种顶级捕猎者和大型猫科动物的称呼虽然有细微的差异，但都没有遗漏掉"雪"这个单词：举例来说，雪豹在俄语中被写作 снежный барс，意味着"如雪一样的猎豹"；阿富汗波斯语为 پلنگ برفی，译作"雪虎"；梵语和印地语写作（हिम तेन्दुआ，也译作"如雪一样的猎豹"；

79

同样地，作为巴基斯坦的官方语言，乌尔都语将这类大猫叫作"雪豹"。

唯有在落雪后的黎明和黄昏，人类才有机会看到某只雪豹孤独的身影，可这样的机会也是极其少有的，多半你只能在雪地上看到它刚刚离开后留下的硕大爪印。虽说雪地是辨认雪豹的最佳背景，可这狡黠的家伙怎么会甘愿将自己暴露于旷野之中。雪豹最喜欢在土黄色和灰色交错的岩壁裂缝中生活和狩猎，生长着草丛和灌木丛的崎岖山丘也是它们最爱的猎场。沙白色的皮毛及其深灰色的斑点恰好能和山石与岩壁的色彩融为一体，如此一来人类和其他生物便难以察觉雪豹的存在，因此雪豹也被人们称为"山间幽灵"。山地为雪豹提供了天然的伪装，这让它更容易在短时间内对猎物发起猛攻。雪豹的尾巴是猫科动物中最大的，借此它可以毫不费力地、不发出任何动静地快速在陡峭的岩石上接近喜马拉雅蓝羊以及野山羊。在靠猎物足够近时，雪豹会突然发起猛攻，其弹跳能力惊人，跃出的距离最长可达自己身长的七倍。即便喜马拉雅蓝羊和野山羊已经算得上十分敏捷了，可面对雪豹，这些食草动物仍不是其对手。

即使是训练有素的观察者也很难觅到雪豹的踪影，而随着雪豹数量日益减少，发现其的可能性愈发降低了。这种属于喜马拉雅山地以及中亚地区的生物因此被相关组织认定为珍稀物种。据统计，全球范围内的野生雪豹不超过 3500 只。据雪豹信托基金会估计，在巴基斯坦，雪豹的数量仅为 200 只到 420 只。对雪豹造成威胁的除了偷猎者、气候变化，还包括修建公路、铁路和水坝对其生存环境造成的改变。2014 年，阿富汗、不丹、中国、印度、哈萨克斯坦、吉尔吉斯斯坦、蒙古、尼泊尔、巴基斯坦、俄罗斯、塔吉克斯坦和乌兹别克斯坦 12 个亚洲国家宣布每年的 10 月 23 日为国际雪豹日，并达成协议为保护雪豹做出共同努力。这种跨边境生活的生物以其自身的珍贵性在国际社会上、在各国间建立起了一条纽带。如今不少科技巨头也开始积极参与到保护雪豹的行列中。导致雪豹难以被妥善保护的一个重要原因是观测并追踪其踪迹的难度极大。在过去，为了收集数据，相关保护组织的工作人员不得不跋涉到偏远的山区，然后寄全部希望于运气，等待雪豹出现。再后来，科学家们依据已知的雪豹狩猎点在野外有策略地排布摄像头，进行长期定点拍摄，尽管由此科学家们可以获得大量的照片，可想要从众多图像中挑选出有雪豹身影的照片仍然是需要耗费上几天工夫的。如今，微软提供了一种先进的人工智能技术，这种技术可以在几分钟内扫描全部图像，甚至将图像上的内容与不同雪豹身上独特的花斑进行匹配，科学家们可以借此来绘制出每只雪豹在其栖息地的行动轨迹。

# 20. Snemand
## 雪人
### 丹麦语

 

 

《白雪皇后》是汉斯·克里斯汀·安徒生最著名、最抒情的童话之一，故事中冷酷的白雪皇后生活在与世隔绝的冰宫中。后来迪士尼公司将《白雪皇后》改编成动画，于是便有了广受欢迎的《冰雪奇缘》。作为丹麦最具盛名的童话作家，安徒生以雪为载体表达了人类生活的凄美、短暂以及温馨等不同侧面。安徒生的另一部作品《雪花莲》讲述了一朵赶在春天到来前便勇敢盛开的雪花莲的遭遇，最终这朵雪花莲被夹在一本诗集中以干花的姿态活成了生命的永恒。在《雪人》中，安徒生以被严冬赋予了生命的雪人视角讲述了一个凄美的故事。《雪人》以对乡村冬天优美景致的描写开场：寒冬的清晨，浓雾笼罩了整个村庄，寒风乍起，冰冷感直入骨髓，但当太阳露脸时，寒意得到缓解，一切便显得极为美好。树干和灌木丛上覆盖着厚厚的白霜，远看仿佛是一片白色的珊瑚森林，每根树杈上都挂着晶莹剔透的冰晶。夏天，那些形态各异的树木皆被茂密的树叶覆盖，而当下树叶落尽，它们原本的轮廓显露无遗，镶在树干和枝丫上的积雪仿佛是精美的蕾丝，在日光的映射下反射出白光。桦树在冷风中摇曳，其姿态与在夏日时一样充满生命力。凡是太阳照得到的地方，一切都像是被撒上了钻石粉末一样闪闪发亮。白雪皑皑的大地闪着亮光，就好像白雪下埋着无数钻石一样，那光亮比白雪本身还要耀眼。

当视角转移到故事的主人公雪人时，迷人抒情的描写一下子透出了凄凉的味道。在"男孩们的欢呼声，雪橇的叮当声"中，雪人出场了——由人类生活中的杂物堆起来的雪人。雪人的眼睛是由两个三角形的砖块做成的，嘴巴则是由一个坏耙子做成的。院子的主人在某个下午匆忙将它制成，被草率赋予生命的雪人不知道除了冬天以外的其他季节，也不知道他永远也没有机会见识其他季节。不过好在院子里有只能和他做伴的老狗，老狗会慢慢让这堆本质上是由水做成的东西意识到自己最终的宿命。老狗每年冬天都会见证雪人是如何被创造又是如何在刺骨天气逐渐转暖时消失不见的。

雪人很快注意到了那个运动的太阳。"为什么那个红色的庞然大物总是盯着我呢？！"雪人说道。每当太阳升起并逐渐向天空正中央移动时，他总是感到不安。"如果我知道怎么从这儿逃出去就好了。我是说，如果我像那些男孩子一样，能在冰上滑行的话。这或许行得通，可你看看，我现在连跑这个动作都还不会呢。"老狗警告雪人，那个红色的庞然大物可不是他的朋友："就是它，太阳，去年冬天，我眼睁睁看着他们堆起来的雪人被它驱赶了，还有再之前的雪人，太阳让他们全都消失了。"

一对恋人很是喜欢雪人，他们谈笑间说着雪人到夏天便会消失。对于他们来说，雪人可比老狗新鲜多了。老狗也意识到，在人们眼中他远不如眼前的雪人受欢迎。老狗说主人从前觉得自己帅气又可爱："他们曾经会亲吻我的鼻头，用柔软的刺绣手帕擦拭我的爪子，我曾经拥有自己的垫子，还有火炉——对于曾经的我来说，冬天是一年之中最美好的季节。"

这个故事的魅力很大程度上依赖于雪人如孩子一般的视角，一切人类习以为常的东西对他来说都是新鲜的，包括太阳、恋人和火炉。在这之中他对火炉的好奇心最强，他只能透过窗户看见火炉，而每每望向火炉，雪人都会觉得自己体内会因悸动而发出噼啪的响声。雪人渴望能够进到屋子里，能够靠近火炉。可老狗向他发出了警告："一旦靠近火炉，你便会融化，然后消失在这个世界上。"

雪人并不在乎老狗的话，他仍旧深情地注视着火炉。在暮色中，火炉发出的光亮显得愈发柔和，这种柔光既不像日光也不像月光，它直接照射在雪人的脸和胸膛上，雪人几乎无法抵抗这种温柔的美丽，无法抵抗这种注定会摧毁它的东西散发出的致命魅力。对于火炉的沉迷使得雪人忽略了冬日的景致。一整夜过去，窗户上形成了美丽的窗花，但雪人压根没有注意到它的存在，他一整夜都注视着火炉，眼里容不下其他任何东西。

一百多年后，另一位丹麦作家在其经典作品《史密拉小姐有感于雪》中写道："我们习惯将生命中那些不寻常的时刻赋予特殊的意义，这也许根本就是错的。类似坠入爱河、对于我们终将死去的深刻认知、对雪的爱，其实并不是什么突然的情感；这种情感也许一直都在，也许它永远不会消失。"

随着气温升高，雪人的身体一点点融化。"他什么也没说，也没有抱怨任何，他知道自己即将消失在这个世界上了"，安徒生写道。一天早上，雪人完全融化了，只剩下一根杆子仁立在地面上——孩子们就是围绕着这跟杆子将雪人堆起来的。至此老狗终于明白雪人为什么会迷恋火炉了，因为人们总是用一把长柄铲子来清理火炉，而雪人体内恰好也有一根与铲子手柄类似的杆子，这让雪人认为他和火炉在精神上是存在共鸣的。

自安徒生时代以来，雪人形象在流行文化中被赋予了太多含义：在20世纪80年代的恐怖电影中，同样的他者性质让雪人成了罪恶的象征，如此形象让围绕雪人展开的故事平添了某种矫饰的浪漫。而在安徒生的雪人故事中，悲伤的基调中交织着几分滑稽的色彩，雪人像傻瓜一样，他就好像是苍白的默片演员巴斯特·基顿，而他和基顿的区别在于雪人的所有动作表达都局限于分子层面——他只能从固体变为液体，雪人可做不到像基顿一样跳火车钻窗户。

　　如果心理学家们愿意，他们大可以就作家们的"雪人情结"大肆分析一番。许多文学评论家认为，童话为安徒生提供了一个逃避现实的空间。安徒生本人在爱情上算不上幸运，不过他将自己在爱情上的情绪投射在雪人的故事中并获得了成功，这在某种程度上也算是一种慰藉。如今在世界各地遍布着安徒生的纪念雕像，从美国东海岸纽约市的中央公园到加利福尼亚州由丹麦移民建立的城市索尔万。无论是在美国，在日本的主题公园，还是在丹麦周边，你都能看到这位童话巨人的雕像。在安徒生的出生地欧登塞有一尊由延斯·加尔斯基特创作的安徒生铜像，铜像的一半浸在水中。加尔斯基特想表现的是什么状态下的安徒生呢？也许是正在寻找小美人鱼的安徒生？也或许加尔斯基特以雪人为灵感，表现的是即将完全化作雪水的安徒生？每当气温降至冰点以下时，这座铜像就会附上一层寒冰。

# 21. μαύρο χιόνι
## 黑色的雪
## 希腊语

亚里士多德曾写道："若想欣赏雪花的美，那便必须要耐得住严寒。"这位哲学家道出了如今气象学家普遍认可的真理：想要深入了解自然必须要以艰苦的工作和探索为代价。在《气象学》一书中，亚里士多德不仅描述了雪花的美，还道出了雪的本质："雪和白霜本质上是一回事，雨和露水本质上也是一回事。云结冰时产生雪，水蒸气结冰时生成霜。下雪意味着寒季到来，落雪的地方便意味着寒冷。要知道只有当空气中的热量完全被冷气压过时，才会下雪。"

到公元前 4 世纪，人们已经对自然界有所了解，因此亚里士多德发表的关于天气和自然现象的观点并没有被当作异端言论攻击,《气象学》一书中所有的观点和看法均被完整保存下来。从这一点来看,他可比安纳萨格拉斯幸运多了。安纳萨格拉斯的《论自然》比《气象学》成书早约一世纪,可其中的大部分内容都没有流传下来,只有部分片段以引用或是转写的形式存在于一些后世的作品中。安纳萨格拉斯成长于现代土耳其境内的狭长海岸地带,在青年时代移居雅典,后以其富有洞见的思想在哲学界名声大噪。安纳萨格拉斯发现了日食的成因,并大胆挑战了业已形成的对于各天体的认知。他宣称太阳不是神,而是一团炽热的金属,月亮和地球一样表面是泥土,而星星是带火星的石头。安纳萨格拉斯的一系列言论激怒了雅典市民,他因此被指控为"不敬神罪"并被判处终身监禁。虽然安纳萨格拉斯最终保全了自己的性命,但他被迫流亡至小亚细亚西北部的希腊城市兰普萨库斯,并于公元前 429 年在该地去世。

安纳萨格拉斯不仅对宇宙有独到的认知,对于科学探索也有着令其同时代人惊讶的看法。他耗尽毕生精力观察自然,最终得出结论——人类的感知能力有时是具有欺骗性的,我们并非不可质疑所谓的"眼见为实"。安纳萨格拉斯曾经就雪的颜色发问,质问雪究竟是黑色还是白色?根据哲学家塞克斯都·恩披里柯的记述我们得知,安纳萨格拉斯主张雪的颜色为黑色,他不认为公众认定的逻辑便是真理,他认为雪是冰冻的水,水是黑色,因此雪也是黑色。因为水是黑色的，雪就必须是黑色的吗？西塞罗以另一种方式阐述了安纳萨格拉斯的观点：安纳萨格拉斯所认为的黑色的雪是视觉和意识的共同作用，是眼睛和大脑将雪感知为黑色，所以他觉得自己看到了黑色的雪。

如今科学家对于我们眼睛感知颜色的方式认知更清楚丰富。可见光的完整光谱包含红、橙、黄、绿、蓝、靛和紫七种色彩。当光线照射至物体上，光子可能会被反射和散射，也可能穿透物体，或是被吸收从而丧失能量。颜色在我们眼中呈现出的颜色取决于光与物体的相互作用。冬青叶是绿色的，这是因为它将绿光反射至我们的眼睛，同时吸收了其他颜色的光子。煤炭是黑色的，这是因为它吸收了所有颜色，以至于没有任何颜色反射回我们的眼睛。雪是白色的，它会反射所有的光，其对于每一种波长的光的吸收、传输或是散射都是相同的，因此所有照射至雪堆上的颜色均会反射回我们的眼睛，各种颜色的光子结合在一起形成了白色的光。

然而正如亚里士多德所发现的，雪有时会呈现粉红色。在《动物志》一书中他写道："在高山地带长时间的积雪中有时会发现虫子；这种积雪的颜色发红，藏在其中的幼虫也是红色的。"亚里士多德所描述的这种雪被称作西瓜雪，其红色是由于极地雪藻的作用。有时候雪从天上降落时便会呈现不同的色彩，红色、橙色、棕色等，空气中飘浮的化学物质是造成雪片染色的原因。2018 年，因空气中悬浮着撒哈拉沙漠风暴的微小颗粒，阿尔卑斯山附近和俄罗斯都出现了橙色降雪。如今由于空气中飘浮的沙尘和石油污染物，有时的确会出现黑色降雪——至少以我们的肉眼观测，它确实是黑色的。

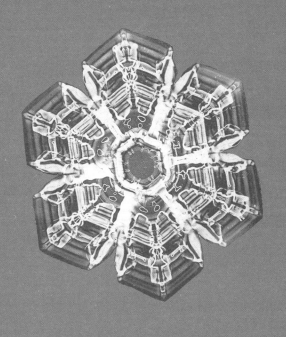

# 22. Neviera
## 雪窖
## 意大利语

在电的发明和冰箱出现前几个世纪的时候，人类便已经知晓如何巧妙利用自然资源来冷藏食物和饮料。在意大利等地中海国家，人们把从山间收集来的雪堆在雪窖（neviera）中，将其压实成冰块供沿海城市的厨房使用。对于冷料理的争议开始于罗马时代。最早的百科全书作者之一老普林尼不赞成为了冷却葡萄酒而刻意去储雪。他认为雪是有季节性的存在，"为了喉咙享乐而强行将山间的诅咒留存下来"，这显然是有违自然规律的。

1581 年，法国哲学家、散文家米歇尔·德·蒙田在佛罗伦萨首次体验了意式时尚——喝冷饮。一天晚上，他在西尔维奥·皮科莫里尼先生的家里吃饭，结束后他记录下了当天的经历："在这儿，人们习惯把雪撒进葡萄酒杯里，我当天不太舒服，所以只放了少许进去。"而蒙田会不舒服是因为旅行当日天气炎热，为了消暑他喝了过多的特雷比亚诺葡萄酒。再后来，除了英国，西欧各国纷纷效仿意大利以雪和冰来冷藏饮品。

17世纪40年代，英国作家和园林设计师约翰·伊夫林在欧洲旅行时第一次见到了雪窖。伊夫林在欧洲大陆的旅行远早于令18世纪青年贵族趋之若鹜的欧陆"大游历"，他在日记和寄回家的信中记录了大量旅途中的见闻。伊夫林将骑驴穿越阿尔卑斯的经历描述为"在积雪的海洋中令人烦忧的冒险"，"山区时常下雪，所以常年低温，我的脸都被冻伤了"。

在抵达意大利时，伊夫林已经充分见识到了欧洲大陆的寒冷，但这并未影响其对雪窖的兴趣，他写信给朋友罗伯特·博伊尔——最早研究低温的科学家——说道："我在这儿见识到了雪窖。人们在山坡或者树荫处挖出坑洞。雪窖的形状和构造会有些微差异，但绝大部分都位于地下，以避免吸收太阳的热量。最常见的雪窖形状是圆筒状的坑洞，坑洞四壁铺以石头，顶端则是一个装饰性的圆顶。"他还在信中大致勾勒出了雪窖的横截面，横截面下半部分是一个深邃的大坑，上半部分是一个金字塔形状的茅草屋顶。他对博伊尔说，为了保存雪，农民们把雪"拍打成一块块致密的约30厘米厚的冰砖，冰砖上铺以稻草，将稻草压实后再铺上一层冰砖，如此重复直至装满雪窖。使用稻草一来可以隔热，二来可以帮助计量冰砖的使用量"。

尽管伊夫林对于这种从未见过的建筑结构很是着迷，可对于冰镇过的葡萄酒他态度十分谨慎。和蒙田一样，他同样担心饮用用冰雪冷却过的葡萄酒会对自己的健康造成不良影响。在喝了一杯冰镇葡萄酒后，他写道，"我的心脏绞痛，喉咙也发紧"。然而这并不妨碍伊夫林将关于雪窖的知识带回英国。他将雪窖作为其在伦敦及其周边地区设计的花园的一部分推广给客户，很快雪窖便在英国风靡起来。

# 23. 雪球

雪球
中文<sup>*</sup>

　　中国的发明从古至今都在世界范围内产生过重要影响，这其中包括发明于公元 100 年前后的造纸术和出现于 7 世纪的雕版印刷术，这些工艺使得书籍的成型成为可能，在现代，中国在 2003 年率先研制出了商用电子烟，此后电子烟作为纸质卷烟的替代品在世界各地受到追捧。中国人在 9 世纪发明了火药，12世纪发明了炮弹，自此之后以硝石和木炭混合而成的粉末代替了铁弹，火药具有更大的杀伤力，武器的变革由此展开。火药于

---

<sup>*</sup>　如今汉字中的"雪"是从甲骨文演变而来的，作为象形文字，甲骨文中的"雪"字让人联想到被厚重积雪覆盖的森林的图像。而现代汉语中的雪字极为形象地反映了这种自然现象的本质，"雪"的上半部分是由"雨"字演变而来的部首，下半部分则决定了其读音。（原文注）

十三四世纪传入中东地区，它的出现带动了包括地雷、手枪和火箭等一系列武器的发明。源自中国的发明推动了人类在书写、阅读以及军事领域的发展。

20世纪30年代，第二次世界大战爆发，全球都面临着空前的挑战。在亚太战场，1937年中日战争爆发。出生于匈牙利的摄影师罗伯特·卡帕当时正值青年时期，他原先一直致力于报道西班牙内战，第二次世界大战爆发后把目光转向了全球反法西斯战线的东线——抗日战线。1938年卡帕前往中国，由于当时国民政府的管控他未能前往战争最前线进行拍摄。尽管如此，他仍然记录下了中国人民面对日本帝国主义侵略进行顽强抵抗的种种画面。卡帕记录下了日本空袭汉口的影像（汉口位于长江北岸与汉江的交汇处，后与武昌、汉阳合并为武汉市），他还亲历了对于抗日战争有决定性意义的台儿庄战役，在这场战役中，中国军队通过顽强抵抗成功粉碎了日军企图向陇海线西进的企图。1938年5月23日《生活》杂志的封面便是卡帕拍摄的一张中国小战士的肖像，肖像题为"中国的捍卫者"。除此之外，杂志内页还刊登了其他卡帕在抗日战线记录下的生动影像。

在武汉时卡帕曾经拍摄过一张一群孩子在街头打雪仗的照片，虽说这张照片本身并没有表现出战争的惨烈，可在我看来它甚至具有更强的表现力和感染力。打雪仗的孩子们比《生活》杂志封面的中国小战士的年纪还要小，他们穿着长衫，相机拍摄下了他们在雪地中完好的轮廓。他们在雪地中跑动跳跃，留下了散乱的光影。其中一个男孩正举着一个相当大的雪球企图向着他的目标发起进攻，一脸志在必得的样子。男孩面前他的另一个伙伴正弯着腰收集积雪制作雪球。还有一个小男孩仰望着天空，脸上挂着微笑。当下这些在战火中打雪仗的孩子们对未来即将发生什么大约是一无所知的，扔雪球的孩童不久后便可能要换上戎装抗击敌人的侵略，他们也不知道在接下来的一年里，世界将陷入全面的战争，这场战争涉及30多个国家，1亿多人，是人类历史上伤亡最惨烈的冲突，而在这场旷日持久的战事中，中国遭受的损失比任何国家都要惨重。

在那张照片中我们看到，没有任何一个孩子把雪球对准卡帕，卡帕作为摄影师的中立立场得到了每一个参与"战争"的个体的尊重。卡帕后来被《图片邮报》杂志评为"世界上最伟大的战地摄影师"。在谈及自己的成就时，卡帕表现得相当谦虚，他说："你唯一能做的就是为那些深陷战争的人提供你力所能及的帮助，比方说试着让他们振作起来，以戏谑的方式逗他们笑一笑。当然，为他们拍照也是一种方式，如此一来他们会觉得是有人在乎和关心他们的。"

# 24. Snöängel
## 雪天使
## 瑞典语

　　天文台公园位于瓦萨斯坦区，是斯德哥尔摩最小却也是最别致的公园之一，这里保留着大约 1000 年前冰原消退时形成的蛇形冰丘的痕迹。公园之所以叫天文台公园是因为在公园最高处设有瑞典皇家科学院建造的天文台。这座天文台不仅用于观测星系，自 1756 年起它还兼具气象监测的功能，是世界上历史最悠久的提供每日气温记录的气象站。自 1904 年起，该气象站开始于每个冬天的每日 7 点测量积雪深度，至今已经持续了 100 多年了。

　　在高山或是冷清的极地地区常年见得到积雪。但在大多数斯堪的纳维亚半岛的城市，雪可算不上常客，它通常只在深冬时节光顾，彼时白昼极短，暗夜漫长，是发挥想象和酝酿童话的好时光。在这些城市积雪出现的概率和一见钟情事件差不多，需要各种综合因素恰到好处地匹配。密集的建筑群使得城市地区温度相对较高，再加之来往车辆的作用，通常刚成形的积雪很快就会变成黑色的泥浆了。

降雪出现时，城市仿佛倏尔进入了另一个维度，原本寻常的一切都显得不同了。在大雪降临前，一切像是为了配合氛围一样变得沉静起来。雪花飘落，暂时掩盖了建筑、街道和人们日常生活的痕迹。上班族在办公室里吃着午餐，窗外是被积雪包围的世界，积雪的存在使得室内的上班族看上去如同那些极地探险者一样，自带了些许的孤独感，尽管来来回回的电车让我们确信这并非极地。待到下午，积雪变得更厚了，一切显得更加沉寂。总有人喜欢冲到雪地中，猛然躺倒在雪面上，张开双手和双腿在雪地上上下划动，留下的痕迹就仿佛是挥舞着翅膀的天使一样，瑞典人把这种人为在雪地上制造出的天使形状叫作"雪天使"（snöängel）。

许多斯堪的纳维亚儿童读物中都有关于雪天使的描写，而雪天使并不专属于儿童。在斯德哥尔摩郊外散布着湖泊的低地处，很容易找到厚重且从未被踏足过的雪地，在斯德哥尔摩工作的人在闲暇时会前往郊野，躺倒在雪地上，像天文家一样仔细端详头顶的暗黑天际。谁是头一个制造出天使翅膀的人呢？想来神奇，只要躺倒在雪地上上下摆动四肢，人形便立即被赋予了神性。躺在雪地上的人起身后扬长而去，徒留雪天使在地面上。雪天使第二天还会存在吗？只要融雪，它便消逝了。

# 25. གངས

## 雪

### 藏语

对佛教徒来说，白色是水的颜色，代表神圣，象征着由无知到智慧的转变。被积雪覆盖的山脉被视为圣山，被视为是神明的故乡。苦修者和神秘主义者对雪山总是满怀向往，也只有他们愿意历尽艰辛攀爬雪山并登顶。攀登雪山并不容易，需要极强的自律，攀岩者需要忍受稀薄的空气，攀爬陡峭的山坡。在海拔数千米的陡峭山崖上几乎容不得任何生物生存。

雪莲是唯一能够适应雪山顶极端环境的植物。雪莲娇嫩梦幻的外表掩盖了它极强的生存能力：为了保护位于花朵中心的黑色种子，雪莲的花瓣向内卷曲生长，花瓣的外层还覆盖着白色的绒毛状物。雪莲只会开花和结果一次，绒毛的存在能够更好地保护种子，以免其在夜间受到霜冻的伤害，也避免白天受到强烈紫外线的直射。如今对雪莲造成威胁的反倒不是山间严酷的环境。人类对这种脆弱的植物的生存带来了前所未有的挑战。

人们采摘雪莲花倒并不是因为其美丽的外表。藏民几个世纪前便知道雪莲具有药用价值，即便它生长在人迹罕至的高山，人们还是会不辞劳苦地去采摘雪莲。藏民们笃信植物生长地的海拔越高，其药用效力越强。在采摘雪莲花前，出于对雪莲花神性的敬意，采草药的人们一定会吟诵一句咒语，咒语的意义不止于此，藏民们还认为念咒能够增强雪莲花的治愈能力。藏民们笃信开花和结果前的雪莲药效最强。在将雪莲从高山上采摘下来之后，藏民们在河谷地带将雪莲花的茎部吊在椽子上晾晒，待其晒干后将花朵研磨成粉末医治病人。在一些较为偏远的藏族村落，人们仍然没有机会接触到常规意义上的药物，包括雪莲在内的各种草药仍然被用于治疗各种疾病，小至高原反应，大至心脏病。

随着时间的推移雪莲的功效被越来越多的人了解，人们认为雪莲的药效与灵芝、人参不相上下，中医认为雪莲兼具苦性和甜性，并将其归类为补血类的草药，能够用以医治腰背疼痛、风湿病与各种妇产科疾病。风干后的雪莲还可以用来治疗脾脏、肾脏和肝脏方面的疾病。过去对于雪莲不加限制地采集导致了如今这种高山植物的生存状况岌岌可危。盗取雪莲的人为了牟利几乎专挑个大的雪莲，留在山间能够繁衍的只剩下个头极小的花朵，久而久之，仅在上个世纪雪莲种群的植株平均高度便减少了几厘米。水生莲花扎根于湖泊深处，长期以来被佛教徒尊为纯洁和重生的象征；高山雪莲被赋予了与水生莲花同等重要的宗教意义，对于人类来说，其存在也带给我们警示意义：因为人类的干预，雪莲的生长面积和植株体积都越来越小，人类必须明白只有学会适度索取，才能以可持续的方式享用雪莲的馈赠。

# 26. Calóg shneachta
## 雪花
## 爱尔兰语

　　文学作品中对于雪的书写并不在少数，詹姆斯·乔伊斯笔下爱尔兰的雪大约是其中最负盛名的。以下是收录在乔伊斯短篇小说集《都柏林人》中《死者》一文的片段，其中便包含了参加聚会的宾客们谈论雪的对话：

　　　　玛丽·简说，"人们说已经有三十年没有像这样下过雪了；今天早上我看报纸上说爱尔兰全境几乎都下雪了。"

　　　　"我喜欢下雪时的样子，"朱莉亚姨妈带着伤感的语气应道。

"我也是，"奥卡拉汉小姐应和道，"在我看来没有雪的圣诞根本不算圣诞。"

　　虽然故事是用英语写成的，但故事的情节却与爱尔兰语有着间接的联结。参加聚会的客人葛瑞塔·康罗伊成长于爱尔兰西部的爱尔兰语区，即便是在"诺曼入侵"*后，该区域的民众仍然坚持使用爱尔兰语。聚会结束时，葛瑞塔听到了一首歌曲，因而想起了那个叫麦可·费瑞的男子，费瑞曾经向她求过婚。葛瑞塔猜测费瑞的死可能与向她求爱不得有关，她记得曾经有一晚窗外下着大雪，费瑞在窗外等了她整整一夜。

　　如今又是一个落雪的夜晚，葛瑞塔的丈夫贾伯瑞望着因费瑞的死而崩溃的妻子，陷入了沉思，他思考着死者究竟对于活着的人会产生什么样的影响：

　　　　是的，报纸上说的没错，爱尔兰全境都在降雪。雪花轻柔和缓地落在艾伦沼泽上，向西，它轻柔和缓地落在香农河翻涌的波涛中；积雪同样降落在孤单伫立的教堂尖顶和墓地上，麦可·费瑞在其中沉睡；落在歪斜的

---

* 12世纪，盎格鲁-诺曼人入侵爱尔兰，之后英格兰的政治文化开始影响爱尔兰甚至在一段时间内占支配地位。

十字架和墓碑上，落在铸铁门的尖刺和荒原的荆棘上。他的灵魂随着落雪逐渐沉寂了下来，在对死者和生者的思考中找到了落脚地。

雪柔和而密集地飘洒着，轻巧地降落；如果乔伊斯当时使用爱尔兰语写作，还能否营造出同样的语言效果呢？《都柏林人》于1914年出版，那时乔伊斯已经离开爱尔兰前往欧洲居住了。即便在当时的都柏林，当地人也并不熟悉爱尔兰语。《死者》中的贾伯瑞每周都要为《每日快报》的文学专栏写文章，主要是评论布朗宁和其他英语文学作家的作品，而贾伯瑞在舞会上的舞伴认为他写的专栏文章缺乏对爱尔兰时政的关心，所以在舞会上责难他，说他不像是爱尔兰人，而在得知贾伯瑞甚至不说爱尔兰语后，舞伴的责备更甚。在《都柏林人》之后，乔伊斯发表了小说《一个青年艺术家的画像》，该书的主人公斯蒂芬更像是乔伊斯的另一个自我，同贾伯瑞类似，都柏林青年斯蒂芬在与学院院长的一次谈话中也表达了其作为爱尔兰人在语言使用上的困境："这本是他的语言*，而非我的语言。home, Christ, ale, master 这些单词在他口中和在我口中是多么不同。他的语言对我来说熟

---

* 这里"他的语言"指英语。

悉又陌生，永远是后来才习得的语言。我仍然不能全然接受他。每每需要使用他者的语言，我的喉咙便会迟疑，灵魂也会在它的阴影下变得烦躁不安。"

在爱尔兰语中，雪的发音和英文中 snow 的发音并不相同。爱尔兰语中 sneachta 一词意为"雪堆"，即由单片雪花组成的雪团（sneachta 的复数为 calóga sneachta）。Sneachta 一词和其他欧洲语言中有关雪的词汇都有关联，包括 Schnee, sneeuw, sněžení, sne, snow, neige, nieve。除了 sneachta，爱尔兰语中还有其他与雪有关的复合词，它们表达了雪的不同形态以及状态：bratóg shneachta（如抹布一样的雪片）；cáithnín sneachta（小颗粒状的雪）；fíneog shneachta（虫子一样的雪颗粒）；lubhóg shneachta（鳞片状的雪）；slám sneachta（一小簇雪）；spitheog shneachta（一小撮雪）。

《都柏林人》中描绘的爱尔兰全境雪白的画面是由无数雪花降落堆积而成的，乔伊斯的每一部作品也是靠着无数单词的积累才得以完整呈现，学习语言也是如此，任何一门语言的习得都要依赖于单词的积累。自 1922 年脱离英国获得独立后，爱尔兰政府一直致力于推行爱尔兰语；如今爱尔兰语的地位已经今非昔比，它和英语均为爱尔兰的官方语言；与此同时，爱尔兰语也是欧盟的官方语言之一。

# 27. Huka-rere
## 雪 / 毛利人神话中的雨神和风神之子
## 毛利语

　　一千年前，波利尼西亚的探险者们便开始乘着雕花精美的尖头木船在波涛汹涌的太平洋披荆斩浪了。他们自小便熟知前往各个火山小岛的线路，通常由一个小岛前往另一个小岛需要航行几天的时间。出海的一行人中必然会有一位领航员，领航员需要凭借其对洋流走向、风向以及星象的知识来判断航行的方向和线路。波利尼西亚人那时已经会绘制海图了，而他们绘制的海图往往精致如工艺品，所以探险者轻易不会将其携带出海，这就要求领航员必须将海况熟记于心。在一般的海图中，细长的小木棒代表海浪，小木棒被拴在一起，其交汇点便是容易出现长浪的地方；

白色的小贝壳则代表岛屿。即便波利尼西亚人对于海况有一定的了解,每一次出海仍旧充满了未知的风险,他们不仅需要留意岛屿的位置,还要时时监测天气的变化。云朵是航海者的好帮手,通过观测云的形态他们能够大概预测天气状况。titi taranaki 在毛利语中意为"放射状的云波纹",它预示着坏天气,he whare hau 可直译为"风之屋",一旦出现这样的云象,便意味着狂风暴雨即将袭来;rangi mātāhauariki 意为"贴着地平线的云",它的出现预示着寒冷的南风即将到来;papanui 意为"均匀笼罩着天空的一层薄雾",它预示着风平浪静。令航海者最为恐惧的是 kaiwaka,它的意思是"紧压着地平线袭来的巨浪",这种巨浪的出现可能会造成海难。在夜晚航行时,若是有卷层云的出现则是极好的,卷层云在毛利语中写作 pīpipi,这种云高远而清澈,月光可以从其中轻易地穿透。每当太阳周围出现一圈光晕时,卷层云便有可能随之出现。

云不仅和风向以及风暴有关联,它还可以帮助航海者确定陆地的位置——若是能够从船上看到晴朗的天空中有一朵固定的积云,这便意味着陆地就在前方。波利尼西亚人在南太平洋一带的探索最终将其引向了遥远南方的一片新陆地,陆地上山脉绵延,这便是日后的新西兰(东波利尼西亚人到达新西兰的日期仍有争议,不过通常人们认定其为 13 世纪)。据说东波利尼西亚人在抵达新西兰时看到荚状云从山间升起，所以他们将这片新发现的土地命名为"奥特亚罗瓦"（Aotearoa），意为"长白云之乡"（Aotearoa 一词中的 ao 有长白云之意）。而也有一说认为东波利尼西亚人当时误将山顶的积雪认为是荚状云，毕竟他们不熟悉积雪，他们熟悉的只有各式各样的云象。

波利尼西亚人把他们笃信的创世神话和对他们影响颇深的气象知识带到了奥特亚罗瓦。他们认为自然界的一切都是紧密相关的：整个伟大的毛利万神殿都是由天空之父朗基和大地之母帕芭的后裔组成的。朗基和帕芭的儿子滔希利马提亚掌管着天气，他创造了雷电、风云和风暴。为了展示出各种天气现象之间的密切关系，奥特亚罗瓦的新居民绘制了一种图表，这种图表和他们制作的海图一样精巧如艺术品。波利尼西亚人将各种天气现象拟人为不同的神，制作出一张庞大复杂的族谱，这种族谱在毛利语中叫作瓦卡帕帕，其既展示了天气现象，也描绘了万神殿内众神的样貌。新西兰的气候多变，降雨和强风频发，人们创造了大量描述气象的词汇、俗语以及寓言，而它们中的大多数都和滔希利马提亚有着或多或少的关联。其中最有名的一则寓言是滔希利马提亚的复仇，滔希利马提亚的母亲大地和父亲天空原本是要永远拥抱在一起的，可滔希利马提亚的 69 个兄弟为了获取更多的空间而强行把他们的父母分离开了。愤怒的滔希利马提亚发起了反击，在他的兄弟们所掌控的领域制造破坏，他摧毁了森林以及庄稼，把海神和他的后代驱逐至巨浪中。滔希利马提亚的孩子们也随父亲参加了这次复仇，分别是 Apū-hau, Apū-matangi, Ao-nui, Ao-roa, Ao-pōuri, Ao-pōtango, Ao-whētuma, Ao-whekere, Ao-kāhiwahiwa, Ao-kānapanapa, Ao-pākinakina, Ao-pakarea, and Ao-tākawe，他们是不同类型的风和云的化身（这些毛利语的意思依次分别是猛烈的暴风雪、旋风、密集的云朵、成团的云、乌云、阴沉的厚云、火红的云、飓风前的云、火红的黑云、透着红光的云、从四面八方翻涌而来的云、预示着风暴的云、急速飞过的云）。

奥特亚罗瓦上空的云层有时很厚重，而只有少部分云可以带来降雪，这一点在很久之前的塔基提穆部落的神话中便有所提及。雨神泰霍·兰吉负责掌控云层，他还需要确保天空之父和大地之母之间要有一层薄雾，这层薄雾会起到保护大地的作用。塔基提穆部落的人相信雨神和风神是一对恋人，他们有 12 个孩子，这些孩子被称为雪孩子和霜孩子，名字分别是胡卡普希、胡卡雷尔、胡卡帕帕、胡卡塔拉普尼亚、胡卡瓦塔拉、胡卡瓦托、胡卡普韦努亚、胡卡普纳胡、胡卡帕瓦蒂、胡卡兰加朗加、胡卡科罗普库和胡卡特瑞莫纳（Huka-puhi, Huka-rere, Huka-papa, Huka-taraapunga, Huka-waitara, Huka-waitao and Hukapuwhenua, Huka-punehunehu, Huka-pawhati, Huka-rangaranga, Huka-koropuku and Huka-teremoana）。即便到了今天，huka 一词仍然是毛利语中构成许多复合词的核心词汇，这些复合词大多和寒冷的天气有关，huka rere 意为"雪"，huka papa 意为"冰和霜"，huka waitara 意为"冰雹"。直至今日，毛利神话中的雪孩子和霜孩子仍然会交替出现在奥特亚罗瓦上空。

# 28.

## 单板滑雪
## 美国手语

我们常把雪和寂静联系在一起。当地面上积起厚厚的一层雪时，雪地表面的气孔将声波吸纳，当下我们会觉得万籁俱静。随着时间推移和气象条件的变化，雪的质地也会发生变化。如果雪的表面先是受热融化，然后再经历低温的二次冻结，雪地表面会变得光滑坚硬，这时它不再具有吸收声波的能力，反而是会反射声波。这种冰冻雪地反射的声波会比其原本的声响更大并且传播得更远。这么看来，雪的出现并不总伴随着寂静。

积雪是由许多微小的雪花晶体组成的，晶体间有气孔联结着，每当有人踩过，气孔便会被压实。气孔被压实导致的结果便是冰粒之间开始互相摩擦。气温越低，冰粒之间的摩擦就越大，这种摩擦会制造出嘎吱嘎吱的声音。没有人知道温度降到多少度会产生这种嘎吱声，人们只知道，天气越冷，踩在雪地上的嘎吱声就越大。当单板滑雪者踩着滑板从山坡上快速下滑时，滑板与雪地之间产生的摩擦会制造出独特的声景，声景会随着其滑行的姿态以及轨迹发生变化。选手起跳，离开地面，手抓住滑板，在雪坡的起伏间滑板与雪地碰撞会发出碎裂的撞击声，以及吱嘎作响的摩擦声，有时甚至会出现类似咆哮的巨响。

对于那些单板滑雪冠军选手来说，滑雪的过程中他们的身体和精神都处在高度紧绷的状态，根本无暇顾及单板和雪地摩擦产生的声响。以劳伦·韦伯特为例，听力障碍并没有妨碍她成为一名顶尖的单板滑雪选手。韦伯特曾在俄罗斯汉特-曼西斯克举行的 2015 年冬季国际聋人奥林匹克运动会上夺得女子单板坡面障碍技巧赛项目金牌和女子单板障碍追逐项目银牌。除此之外，她在意大利瓦尔泰利纳举行的 2019 年冬季国际聋人奥林匹克运动会上再次夺得女子单板坡面障碍技巧赛项目金牌。虽然单板滑雪运动广受欢迎，但直到 1999 年才正式成为冬季比赛项目。自1999 年起，美国运动员在单板滑雪项目中赢得了近 30 枚聋奥会奖牌。与单板滑雪（snowboarding）相比，滑雪项目（skiing）作为聋人奥运会项目的历史更长。1967 年，美国第一次派选手参加国际聋人冬奥会的滑雪项目，并取得了两枚金牌。1968年，在美国举行了第一次全国性的聋人滑雪者会议，也是在这一时期，美国社会的方方面面都产生了深刻的变化。在这之后不久，美国聋人滑雪协会便成立了。直到1998年，美国聋人滑雪协会更名为美国聋人滑雪和单板滑雪协会。

如果你有兴趣学习如何以美国手语表达"雪"这个概念，网上有相当多的相关教学视频。用手语表达雪，你要做的是要张开双手，手指轻轻抖动并缓慢向下移动，这便意味着下雪了。对于这种供聋人滑雪者使用的手语还存在一些争议，毕竟这是一种相对较新的语言，当然单板滑雪相关的手语的出现也意味着这项运动的发展日趋成熟。据美国手语大学的专家说，"单板滑雪"的手语的最初版本是先做出"雪"的手语，然后再做出"冲浪"一词的手语，这一构词法和英语中"滑雪板"（snowboarding）这一单词的由来极为类似，该词的形成受到了滑冰运动以及冲浪运动词汇的影响。继"单板"一词后，"双板"的手语也出现了，最开始双板的手语是将两只手保持水平，然后做出重复向前移动的动作，而最近人们则通常会将手掌与手指内弯呈垂直角度，然后做出快速向前向下的动作，这一动作更加生动地展现出了滑雪运动员从山坡上翩然滑下的优雅姿态。

# 29. Kava
## 雪 / 落雪
## 法罗语

在北大西洋中部的设得兰群岛和冰岛之间，墨西哥湾暖流与来自北极的寒流汇合。法罗群岛便位于这一气象多变的区域。法罗群岛由18个主要岛屿和一些零星小岛组成，这里的气温变化极快，就如同不稳定的水银柱一样，在一天之内甚至有可能体验到春夏秋冬四季的气温。这里的冬日算不上极寒，尽管法罗群岛纬度并不低，但落雪（kava）却并不十分常见。有趣的是，尽管不常见得到雪，法罗语中关于雪的表述却并不少，翻开法罗语–英语对照词典，其中有关雪的词汇可以算得上丰富了：kavadagur意为"下雪的日子"，kavaluft意为"落雪的天空"，kavabrekka意为"被雪覆盖的山坡"。即便是下雪的日子，法罗群岛也不大会出现厚重的积雪。雪片落在裸露的山脊上，往往只能形成一层白色薄纱状的积雪，山坡碎石的颜色仍旧隐约可见。

海边的潮汐见证着一批批旅行者的到来。随着旅行者一同前来的是他们的语言。在维京时代，古挪威人将挪威语带到了法罗群岛，教皇和僧侣则带来了苏格兰盖尔语，所以如今的法罗语中带有不少北欧语言的印记。与其他北欧语言不同的是，法罗语格外有韧性，这与居住在当地的人秉性相似。自1536年的改革后，作为执政者的丹麦人禁止将法罗语用于教育、宗教服务和行政管理。然而法令归法令，法罗群岛的居民仍旧在每日的闲谈、歌曲以及民间故事中使用着属于自己的语言。

路德会一名叫文塞斯劳斯·乌尔里库斯·哈梅尔斯海姆的牧师在1846年发明了法罗语的拼写系统。在获得自治后，法罗语重获新生，其作为现代语言开始出现在书籍和各种印刷品上，这标志着法罗群岛国民性的诞生。再之后，法罗群岛又有了自己的国旗（国旗在法罗语中写作 Merkið）。国旗图案是由旅居在哥本哈根的三个来自法罗群岛的学生设计的，这三人分别是延斯·奥利弗·里斯伯格、雅努斯·苏森和托马斯·保利·达尔，而国旗的第一个样品是由尼娜·雅各布森缝制的。法罗群岛的国旗与斯堪的纳维亚半岛上一些国家的国旗图案极为相似，都是以十字架为主体，十字架的颜色多数是以红、白、蓝三色中的一种或者是几种为主题色，只是十字架的比例有些许差异。挪威国旗的背景色是红色，冰岛国旗的背景色是蓝色，法罗群岛国旗的背景色则为白色。一些靠近极地和波罗的海的国家和地区在设计国旗时会特地加入白色（如爱沙尼亚和格陵兰岛），因为白色代表着冰雪，而冰雪之于北欧国家是极为重要的存在。爱沙尼亚国旗的图案象征着冰冻湖面上的蓝天，格陵兰岛的国旗图案象征着从冰川上升起的红日。出乎意料的是，法罗群岛国旗上的白色似乎没有什么特别的象征意义。

法罗群岛国旗的设计并不算大胆，可悬挂国旗的行为本身对于岛上的居民来说则是一种大胆激进的举动，是对丹麦人发出的挑战。当时悬挂法罗国旗出海的渔民会被丹麦当局罚款，在某些情况下甚至会被禁止出海。1948年随着自治法案生效，法罗群岛得以在丹麦的统治下作为其海外自治领地存在。也是由此法罗语被认定为法罗群岛的官方语言，直至今日，有超过72000人使用这门语言。如今在法罗群岛的各家各户前都悬挂着醒目的白底红蓝十字架国旗。冬日在狂风中上下翻飞的白色旗帜，远看就好像是在天空中扇动的海鸟之翼。

# 30. Kardelen
## 雪花莲
## 土耳其语

从欧洲西部的西班牙、法国的比利牛斯山脉，到东部的伊朗再到南部的土耳其、叙利亚，每到冬日即将结束时便可以见到雪花莲盛放的景象。在英语和某些语言中，若是将雪花莲一词直译成汉语，得到的表述是"雪滴"。举例来说，在英语中雪花莲写作 snowdrop，语言学家认为 snowdrop 一词是由德语中的 Schneetropfen 衍生而来的，其意为"泪珠状的珍珠耳环"，这种耳环在十六七世纪格外流行。英语中 Candlemas bells[*] 和 Fair

---

[*] Candlemas bells 可直译为"圣烛节之钟"，其中 Candlemas——圣烛节为基督教节日，人们之所以称雪花莲为"圣烛节之钟"，是因为雪花莲常在该节日到来前开放。

maids of February* 也用来指代雪花莲。并不是每一种语言都将雪花莲与吊坠状的事物联系在一起。在一些语言中，人们着重强调雪花莲从雪地中破土而出的状态，在法语中雪花莲写作 pierce-neige（pierce 便有穿透之意，neige 意为雪）；而在土耳其语中雪花莲写作 Kardelen，kar 意味着雪，而 delen 有穿破之意。

世界上一共有约 20 种雪花莲，其中有至少 11 种都是在土耳其被发现的。雪花莲的叶片锐利明亮，纯白的花瓣中央包覆着鲜绿色的花蕊，在阴暗的林地边缘、溪流附近或是山坡上都可以看得到雪花莲。2019 年，人们在土耳其布尔萨市附近的一片森林中发现了一种生长在红黏土中的新品种——布尔萨雪花莲。自布尔萨市直至尔马拉海以南以及黑海沿岸的地带，冬季的积雪不会持续很长时间。布尔萨雪花莲通常在秋天，也就是下雪之前开花，花开时香味极其诱人。布尔萨雪花莲并不多见，人们在当地发现的植株稀少，因此将其列为极度濒危的品种，而布尔萨雪花莲并非是该物种中唯一的濒危品种。

在观赏类植株中雪花莲球茎的交易量几乎是最大的。土耳其的植物球茎贸易——尤其是托罗斯山脉一带的球茎贸易——可以追溯至 15 世纪 50 年代。在当时由于郁金香和贝母等植物广受欢

---

\* 阿尔弗雷德·丁尼生在其诗歌 The Snowdrop 中将雪花莲称作 February fair maids。

迎，这两种植物的大量球茎被出口至欧洲。到了1984年，据统计每年由土耳其出口的球茎多达8000万颗。随着出口量的增加，人们对球茎的保有量有所担忧。直到今天，每年仍旧有数以百万计的雪花莲球茎被合法出口，流向世界各国的花园。在深冬的雪地中破土而出的绿芽以及绽放的雪花莲象征着新生，因此其花语为希望和抚慰。雪花莲的球茎深埋在土层之下，孕育着洁白的花朵，在它们生长的土地和人类的花园之间因而产生了某种联结。我想只要人类的需求不会损害这种植物长久的繁衍生息，那么我们很乐意与这种希望之花产生联结。

# 31. Omuzira
## 雪
### 卢干达语

18 世纪初，"崇高"（the sublime）逐渐成为一种全新的审美体验并被欧洲大众追捧，相应地，越来越多的人开始对登山探险产生兴趣。探险者生动地记述或是描画出宏伟的山峦是如何让人心情沉寂，又是如何让人心生敬畏的，而读者们则借由书中的文字和插图想象自己如登山者一般穿着并不舒适的钉鞋和套头毛衣，汗流浃背地在山间攀登，从而获得全新的审美体验。到后来，登山者已经不再满足于只依靠文字来和读者分享其登山经历——要知道大多数人也许一生都不会有机会登山，尤其是那些坐在轮椅上活动不便的人们。好在摄影技术和登山运动的发展几乎是同时的，到后来人们可以依靠照片直观地了解登山这项活动。

1861 年 7 月，法国摄影师奥古斯特·罗莎莉·比松在海拔 4000 多米的勃朗峰上拍摄了 3 张照片，这是第一次有人在高山顶上拍照。这在当时可并不是件容易的事，需要事先进行周密的规划。在 19 世纪 80 年代胶卷和手持式照相机发明出来之前，人们先是要将底片放在涂有化学涂层的湿玻璃板上显像，然后迅速躲进遮光的帐篷中冲洗照片。除此之外，由于当时的摄影设备沉重，想要将它们运至山顶也并非轻松，摄影师需要雇用搬运工来负责运输玻璃板、照相机、化学试剂以及用于冲洗照片的帆布暗室。

20 世纪最令人惊叹的高山摄影作品属于传奇摄影师维托里奥·塞拉，由其在非洲东部的赤道地区拍摄。塞拉的父亲在 1856 年以意大利语完成了第一篇专门以摄影为主题的论文，而塞拉的叔叔是一位杰出的政治家和高山运动发烧友，后者在 1863 年发起成立了意大利高山运动俱乐部。塞拉本人曾经在 1906 年陪同阿布鲁齐公爵路易吉·阿梅迪奥前往鲁文佐里山脉探险。阿布鲁齐公爵是一位出色的探险家，1897 年，年届 24 岁的公爵带领一支探险队攀登了美国阿拉斯加州的圣埃利亚斯山；在世纪之交，他乘坐一艘改装的捕鲸船——斯特拉·波拉雷号试图向北极圈进发。不幸的是，阿布鲁齐公爵的手指生了严重的冻疮，这使他不得不放弃在北极探险中的指挥工作。

随后，公爵将目光投向了位于乌干达（当时的乌干达为英国殖民地）和刚果民主共和国边界上长达120千米的鲁文佐里山脉。鲁文佐里意为"造雨者"，山脉上的冰川和积雪的融水注入尼罗河，尽管融水量并不算太大。公爵和他的探险队成员（核心成员包括一位地理学家、一位地质学家、一位植物学家和一位厨师）于晚春时节从那不勒斯出发，乘船抵达蒙巴萨后，他们一路跋涉至维多利亚湖。维多利亚湖距离其最终目的地仍旧十分遥远，他们花了好几天才得以依稀遥望到鲁文佐里山脉的样貌。这是一次艰苦而漫长的探险，要耗费几个月的时光，公爵做好了充足的准备，据说当时整个队伍中徒步的随行人员大约有半千米那么长。这次探险得以完成依靠的是大量的巴干达搬运工，他们帮助探险队运送补给品和装备，巴干达人是乌干达班图族中的一支，巴干达人会说班图语以及另一种乌干达的主要语言，卢干达语。随同公爵探险的塞拉用相机记录下了这些搬运工的身影，不过从照片中我们无法知悉公爵是否跟这些巴干达搬运工学习了一些简单的卢干达语，比如 mwattu（请），oli otya（你好吗）。

凯波以北的山脉在阿尔伯特湖和爱德华湖之间形成了一道分水岭，探险队员们坐在大篷车中行进，经过一段时间的跋涉后，他们已经可以看到云雾缭绕的鲁文佐里山脉全貌了。在5月29日，探险队到达波尔特堡，这是英国人在群山间设置的最后一个哨卡。在这儿所有人换下了轻薄的衣服，换上了夹克和裤子，为即将到来的攀岩做准备。6月1日，队员们开始为期七天的攀登，其目的地是布琼戈洛，那里将是他们此次登山活动的大本营。随着海拔的升高，植被和周围的景色发生了变化，沿途不时看得到郁郁葱葱的龙血树棕榈，这些植物让人误以为当下是夏季而非晚春，在更高处，山顶的冰川反射着白光。在经过蒙博托山谷时，探险队员注意到："这里的树干和树枝上覆盖着一种苔藓状植物，这些苔藓从树枝上垂下，看上去就仿佛是树上生出了长长的胡须。它们甚至填满了树木的缝隙和树瘤，整棵树看上去就像是扭曲了一样。除了树木最高处的树枝上没有长满树叶，其余地方树枝、树叶和苔藓交错纵横在一起，在森林中投射下浓重的暗影。"越向上行进，随行的人便越少，此时公爵带着为数不多的队员慢慢向雪线进发，由其攀岩记录可知，雪线附近的岩石上"布满了晶莹剔透的冰晶，看上去它们像本身就生长在石头表面的风化物一样"。

喜爱阅读登山文学的读者应该十分熟悉阿布鲁齐公爵经历的这种漫长艰苦、目标远大的探险。高山探险者们必须知晓如何应对阻碍其攀岩的冰雪，如果遇到致密的大雪块，他们需要以冰斧把它们切凿成可以攀爬的台阶状，如果遇到宽大的裂缝，他们则需要以其他东西填充裂缝。摄影师塞拉在此次探险中需要面对的困难比其他队员要更多，尽管当时已经有了体积更小、更便于携带的摄影器材，但是赛拉还是喜欢随身带着 30 厘米×40 厘米的厚重玻璃板。他还发明了一些专用于登山的装备，包括改良的鞍座背包，这样他便可以把玻璃板装入背包然后挂在马背上。除此之外，塞拉还需要克服高山极低的气温和高原反应，他时不时会感到恶心和眩晕，他和随行队员还要随时提防雪崩以及其他险情的发生。罗伯托·曼托瓦尼曾经说过，高山的天气可不是时时都适合摄影师拍照。

6 月 11 日，公爵和其随行队员返回大本营，而塞拉和他的同伴们先到达山口，然后前往爱德华国王峰，想在那里拍些美丽的风景照。当时的天气状况极其糟糕，不过到了快下午的时候，天气放晴了。第二天早上，塞拉、博塔和布罗谢尔再次回到山口，随后他们爬上了海拔高度 4654 米的摩尔峰，这次攀岩本应该较为轻松，但是冰层使得一切变得困难起来。在塞拉抵达山顶后下起了雪，有降雪便意味着不能使用照相机。一行人只得用绳子将彼此拴在一起下山，回到山口处。在山口处他们遇见了罗卡蒂博士和一位向导。此时，到处都是厚重的积雪。当天只剩下塞拉和博塔两人在山口处的帐篷中过夜，这两位勇士执意不下山，他们寄希望于第二天天气状况能够有所好转。

第二天天空布满了云团，山顶只是短暂地从云雾中露出头来。塞拉和他的伙伴看到了北面的景色："宏伟的山峰和山脊间大量倒挂的冰柱和积雪形成的冰锥绵延至远方，一眼望去像是雪白色蕾丝的盛大展会。"

塞拉的照片带有一种有意为之的戏剧性。照片中探险家在积雪覆盖的山间攀爬的身影事实上并非随意拍摄而得，有些是经过精心策划的"摆拍"。探险者渺小的身影衬托出山峦的宏伟，而山峦的宏伟进一步显示了征服者的伟大。有时为了拍摄到理想的照片，登山者会在地势起伏最厉害的地带来回走几次，以呈现最佳的拍摄效果。当时攀岩活动逐渐成为地缘政治的一部分，许多登山者在登顶时都会将自己国家的国旗插在山顶，而如今登山者们似乎更习惯用"#"号加上山峰的名字，然后将其与定位一同发布至社交媒体。在抵达鲁文佐里山脉最高峰时，阿布鲁齐公爵展示了临行前玛格丽塔女王送给他的一面小型意大利国旗。

塞拉拍摄于鲁文佐里的照片大部分是没有人的，多数以山峰本身为主题，由此可见塞拉对于鲁文佐里山脉的喜爱。他最具代表性的作品在阴天拍摄于海拔高度 5091 米的斯坦利峰。照片上的天空几乎与积雪呈现同一色调，天空压得很低，看样子马上就会有大量雪花从天而至。积雪覆盖着古老的山间岩石以及高耸的山巅。最初塞拉的照片的主要用途是记载攀岩者的成就以及记录大自然的壮美，而如今这些照片还有另一个用途——科学家们可以将其作为依据测算鲁文佐里山脉积雪的变化情况，当年拍摄的照片中的冰川与积雪逐渐在消融。1906 年，共有 43 处明确被命名过的冰川分布在鲁文佐里山脉的 6 座山峰上，其总面积为 7.5 平方千米，占非洲冰川总面积的一半。到了 2005 年，43 处冰川只剩下一半左右，这些冰川分布在 3 座山峰上，总面积只剩约 1.5 平方千米。一个通过建模预测气候变化的科学家团队曾经将塞拉拍摄的照片与他们收集的数据进行对照，根据结果他们预测到 2030 年"造雨者"山脉，即鲁文佐里山脉的冰川将全部消失。

# 32. Fokksnø
## 风卷雪
## 挪威语

ski 一词源于古挪威语中的单词 skíð，意为"劈木、木棍"。由史前壁画可知，早在 5000 年前，猎人们便开始使用滑雪板了。在更早些时候，冰川融化且范围变小，石器时代的猎人们乘坐覆盖着皮毛的滑雪板，跟随着成群的驯鹿和麋鹿从中亚向北行进。再之后，滑雪板在欧亚极地地区被广泛使用。几千年之后，到了中世纪，斯堪的纳维亚的农民、猎人和战士也开始使用滑雪板作为交通工具。

滑雪板在哈康的传奇故事中扮演着至关重要的角色，故事发生在挪威内战时期。在哈康·斯维雷松国王死后，国王的追随者们前往敌方领土营救在那里出生的国王的小儿子，即国王唯一的继承人。1206 年 1 月一个寒冷的夜晚，士兵们成功营救出这个孩子。人们将这些士兵称作"桦树腿"（birkebeiners），这是因为他们没钱买像样的鞋子，所以只得用桦树皮制成绑腿和鞋子。在营救成功后，士兵们必须迅速逃离。在逃至山区时一场猛烈的风卷雪降临，剧烈的狂风将大片的雪花撕碎，将小的雪粒卷起呼啸着向前。挪威语中风卷雪的对应单词原本是 fokksnø，而现在受英语的影响，大部分挪威人习惯将这种暴风雪称为 vind-transportert snø。风卷雪来袭时，因着风力的作用地上的积雪会形成看似平滑的表面，这种雪面似乎十分适合滑雪者乘着滑雪板飞驰，其实不然。风卷雪形成的雪面并不牢靠，受风力作用，这层雪面并不能和山坡原本的积雪很好地贴合，但凡有轻微的震动，这层积雪便会分崩离析，形成雪崩。

暴风雪席卷了从利勒哈默尔到斯特达伦的整片山区，由两名出色的滑雪手托尔斯坦·斯凯夫拉和斯克杰瓦尔德·斯克鲁卡领头，"桦树腿"们成功穿越了暴风雪，最终安全抵达挪威基督教国王的首府尼达罗斯（现在的特隆赫姆）。哈康四世就这么戏剧性地获救了，他创立了新的王朝并统治了将近 46 年的时间。现代挪威人以长途负重越野滑雪赛（Birkebeinerrennet）来纪念当年"桦树腿"士兵在暴风雪中营救哈康四世的壮举。该滑雪赛每年举办一次，路线便是当年斯凯夫拉和斯克鲁卡的营救路线，共计 54 千米。参赛者们背着重物，这重物便象征着当时还是婴儿的哈康四世。

在奥斯陆滑雪博物馆里挂着一幅由克努德·伯格斯林创作的浪漫派油画，画中描绘的是两个留着胡须的"桦树腿"士兵，这两人便是斯凯夫拉和斯克鲁卡，他们穿着锁子甲*（这显然不大符合当时的实际状况，桦树腿士兵是断然负担不起昂贵的锁子甲的），其中一人怀中便是襁褓中的哈康四世。画家对于滑雪板的刻画极为细致，将其翘起的前端生动地描绘了出来。要知道滑雪板的形状与雪况本身都会影响滑雪的速度。从哈康王朝统治时期至今，滑雪一直是挪威人生活中不可或缺的一部分，同时世界上最优秀的滑雪板设计师有很多都来自挪威。在 19 世纪早期，特莱马克省的木雕工人发明了一种轻薄而弯曲的滑雪板，这种设计可以避免滑雪者在滑行过程中陷入积雪。1868 年，桑德雷·诺海姆设计出了一种侧切形滑雪板，这种雪板中部面积小，尖端和尾部较宽。这种侧切形状的雪板灵活性更强，其边缘的弧度有助于滑雪者更迅速地转弯，同时又可以避免侧滑。在 1882 年，滑雪板的材料发生了变化，最原始的制板材料是煤灰，如今煤灰被山核桃木取代（过去的雪板都是以传统手工工具打造的，以传统工

---

\* 锁子甲为一种古代战争中使用的铠甲，由铁环叠扣形成衣状。

具极难给山核桃木塑形，而随着碳钢工具的发明和使用，山核桃木便越来越受欢迎了）。以这种木材制成的雪板更轻薄、更耐用、更易弯曲，且其底座不易磨损，因此滑雪者的速度也不易因板底磨损而受影响。最开始挪威人需要从路易斯安那州进口山核桃木，后来居住在威斯康星州和明尼苏达州的挪威移民意识到，他们可以在美国制作滑雪板，然后直接出口滑雪板，这样成本就会相对降低。如同旧时一样，如今作为商品的滑雪板仍然见证着人类的移动与迁徙。

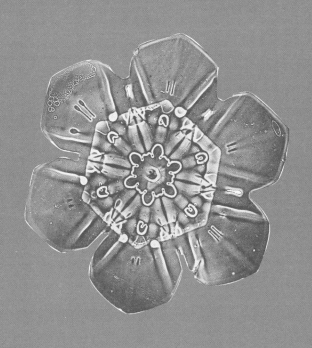

# 33. Sniegas
雪
立陶宛语

　　如今立陶宛一般要到 1 月才会出现降雪，而在旧时，雪几乎从 11 月一直下到 3 月。积雪的一大作用是保护谷物（如黑麦）免受夜间霜冻。雪对于立陶宛人至关重要，当地有一句广为人知的谚语："去年雪保今年收"（naudos, kaip iš pernykščio sniego），其意在强调积雪对于保护庄稼的积极意义。立陶宛的雪甚至影响过欧洲历史的走向，一些国家因其受益，一些国家则因其受到毁灭性的打击。在十字军东征期间，沼泽地和广阔的湖泊在低温作用下结冰，穿着重甲的骑士们需要在冰面上作战，他们一方面需要提防敌军的刀剑，另一方面不得不时刻担心冰面破裂可能带来的危险。几个世纪后，立陶宛首都维尔纽斯的冰雪见证了拿破仑·波拿巴在远征俄国途中遭遇的重大挫折。

百万大军在长途跋涉中伤亡惨重，1812 年 9 月，自诩为征服者的拿破仑终于抵达了莫斯科。抵达后这位法国皇帝发现偌大的莫斯科城几近荒凉，而第二天整座城市燃起了熊熊大火，许多建筑物都被烧毁，包括他意欲作为军队过冬营地的房子。尽管如此，拿破仑仍旧选择留在莫斯科，他想要等待彼时仍在圣彼得堡的亚历山大一世向他求和，然而拿破仑未能如愿。到了年底，拿破仑意识到在满是废墟的莫斯科一直待下去不是办法，遂下令返回法国。

拿破仑的军队撤退时恰逢 11 月的雪季，精疲力竭、衣衫褴褛的部队在撤退途中还遭到俄国哥萨克骑兵的袭击。除此之外，军队缺乏喂马的粮草，也没有装备来为马做马掌，马匹到后来也变得步履蹒跚。卡林考特侯爵以御马官的身份随拿破仑出征，在出发前他便表达过此次远征是不明智的。在折返回法的途中，当看到大量士兵因为饥寒交迫而倒在雪地中时，卡林考特侯爵记录下当时自己惊慌和恐惧的心情：

> 这些可怜的家伙一旦睡下去就死了。有些人企图克制住自己的睡意，如果但凡有路人经过时愿意搀一把，他们倒还能向前走一阵子，不过说到底这不过是延长这

些家伙的痛苦，他们最终还是会倒下。天气实在太冷了，寒冷使人困倦，没人能够抵挡这种困倦。我试着想办法拯救这些不幸的人，但所有的努力都是徒劳。他们对我说的最多的便是要我走开，他们只想要睡下。

经过近两个月的跋涉，在使用临时搭建的木桥挣扎着穿过冰冷的贝雷齐纳河后，军队抵达了立陶宛的维尔纽斯，原本的百万大军只剩下五万人左右。军队的将领之一弗朗索瓦·杜蒙索描述了他的同伴们抵达维尔纽斯城门外时的场景："涌入城门的队伍就像是一座移动着的两米多高的人墙，上面是活人，下面是尸体，活着的人推搡着彼此想要向前拥，而他们随时都有可能被那些瘫倒在地痉挛着的将死之人绊倒。"

抵达维尔纽斯后，士兵中有将近一半还是在城里丧了命。有些是因为长时间的饥饿，有些则是在终于获得食物后一下子吃了太多被活活撑死，还有人喝得烂醉，企图靠酒精麻痹自己的绝望和疲惫，在醉倒后便再没能起来过。不少士兵的鼻子、脚趾和手指都被冻伤了，由于在行进途中无处医治，这些冻伤最终形成了具有传染性的坏疽，病菌席卷了居住在维尔纽斯的人们。供军队休息的营地空间有限，一些人不得不睡在街头，暴毙于风雪中。据统计，在那个冬天，拿破仑的军队中有共计四十多万人丧生。

这次远征是拿破仑计划中的重要转折点，其失败严重打击了拿破仑称霸欧洲的野心。在远征失败后不到 16 个月的时间里，拿破仑便被流放至厄尔巴岛，与维尔纽斯不同，那里倒是常年气候温和。

# 34. сыра
## 雪
### 冻土涅涅茨语

西伯利亚的驯鹿每年迁徙一千多千米来寻找长有地衣的草场，陪伴它们一同迁徙的是涅涅茨人。每当春日的阳光直射入森林的冻土带，驯鹿们便从亚马尔半岛的西南部出发，到了差不多夏季时，驯鹿群抵达卡拉海的海岸边。11 月，气温降低，降雪会随着夜幕降临来袭，驯鹿继续向南进发。冬日的气候严苛，路况也艰险，驯鹿需要穿越长达 48 千米的冰冻的奥布河，这绝非易事。不过驯鹿体魄强健，且对于环境的适应性强，事实上驯鹿在冬季迁移的速度甚至比其他时候还要更快。在地面有积雪（сыра）的情况下，驯鹿每天可以行进 8 千米至 10 千米，而在夏季，柔软的地面或是沼泽地反而使鹿群的迁移速度变得稍慢，每日行进路程在 3 千米到 11 千米之间。

在同驯鹿一道迁徙的途中，雪深刻地影响着涅涅茨人的生存方式，他们的食物、衣物、各种工具甚至是住所都是从驯鹿身上取得。驯鹿皮被他们制成衣服御寒，同时也被做成金字塔样的帐篷作为迁移途中的住所。在移动时，驯鹿拉着木雪橇，驮着帐篷和大捆的木柴，有时人也会坐在驯鹿身上行进。涅涅茨人还会把一些圣物放在雪橇上随他们一道移动，圣物一般包括用于还愿的熊皮、硬币以及象征着每个家族祖先的小木人。涅涅茨人信奉万物有灵论和萨满教，他们对于土地及其衍生物都抱有极高的敬意。

涅涅茨语有两个分支：冻土涅涅茨语和森林涅涅茨语，尽管它们被认为是同一种语言的两种方言，但是二者并不互通也并不相似。大多数涅涅茨人也会说俄语，这是因为在斯大林统治时代的后期，大量涅涅茨人被安置在以俄语为主要语言的苏联寄宿学校。由于使用人数过少，联合国教科文组织将涅涅茨语列为濒危语言。外部世界不仅影响着涅涅茨人的语言使用情况，也影响着他们原始的生活方式。如今驯鹿数量减少，苔原地貌也日渐稀疏，化石燃料释放出的温室气体导致全球气候变暖，而俄罗斯对于碳氢化合物的储备需求也日渐提高，这给涅涅茨人和驯鹿的生存也带来了前所未有的挑战。

有时开采碳氢化合物的作业处恰好位于驯鹿的迁徙路径上，牧民们就必须带领驯鹿绕过气体管道或者是穿越公路行进，Bovanenkovo 气田的开采便影响到了驯鹿的迁徙。作为气田的开发商，俄罗斯天然气工业股份公司在开采时特意铺设了一种被称作"白地毯"的土工布，以尽量减少沥青路面对于雪橇行进的阻碍。

而开采天然气对于地下环境的破坏则不那么容易解决了。随着永久冻土逐渐开始解冻，地貌正以怪异和令人担忧的方式变形：因开采地下燃气而被引爆过的地方突然出现天坑；在开采时甲烷和二氧化碳的气泡喷到地表引发地表震动。除此之外，石化产品流入河流，被污染的河流汇入北冰洋，这对生态都是极大的威胁（2020 年大批油罐在被运输至皮亚西纳河附近时发生泄漏，造成了严重的污染）。全球变暖导致西伯利亚地区夏季炎热干旱，干裂的地表为驯鹿拖拽雪橇造成了极大的困难。而即便是冬天，频发的强降雨使积雪难以持久存续，如此一来，冰封期开始后，驯鹿几乎找不到可以吃的地衣和牧草。作为一支秉性坚韧的部族，涅涅茨人正不得不适应因气候和时代变化而带来的挑战。

# 35. ⵜⴰⵛⵛⵉⵡⵜ
## 积雪
## 塔马塞特语

　　伊夫兰位于摩洛哥阿特拉斯山脉，其城市风貌颇具反差意味：它地处沙漠丘陵地带却降雪丰沛；它紧靠地中海却气候干冷。7世纪穆斯林征服该地并将阿拉伯语带到该地区，此前塔马塞特语一直是北非的主要语言之一。在塔马塞特语中，伊夫兰意为"洞穴"。长期以来，阿特拉斯山脉一直是北非土著民族阿马齐格人（也称柏柏尔人）的家园，按照传统他们的领土北起地中海向南一直延伸至撒哈拉沙漠地带。在阿特拉斯山脉最冷的几个月，阿马齐格人会把羊群从山顶赶至远离积雪（在塔马塞特语中，积雪写作ⵜⴰⵛⵛⵉⵡⵜ）的低地牧场，在收拾好帐篷后，他们便会住进洞穴里避寒。在大约16世纪时提兹吉特山谷*迎来了它的第一批定居者，这批定居者最初住在石灰岩谷壁凹陷的空洞处。因这批定居者发展起来的村落叫作扎乌亚特·西迪·阿布德斯兰。

几世纪后，在该村落上游几千米处的陆地上，法国殖民政府建立了一座现代城镇，这座城镇便是伊夫兰。法国人设计这座位于半山的小镇的初衷是为在当地的欧洲外交官和工作人员提供避暑之地。费斯和马拉喀什的夏日过于炎热，而伊夫兰则凉爽得多。那是在1929年，当时"花园城市"的概念在欧洲盛行，负责规划伊夫兰的设计师在海拔1700多米的雪峰上打造了风格各异的精巧小别墅，别墅边是花园和种满丁香、菩提树和栗子树的街道，同时，建筑师还以各类植物来命名这些别墅。除此之外，当地新建的酒店也以植物命名，当地著名的雪花莲酒店便是一个例子。伊夫兰冬日的寒冷气候远近闻名，1935年2月11日当地气温低至零下23.9摄氏度，是非洲有史以来的最低温。伊夫兰花园般的城市外观掩盖了残酷的殖民事实：当地所有的花园洋房仅供欧洲人使用，且当地人不能凭借其女佣、园丁、厨师等身份居住在洋房内。所有为欧洲人工作的工人只得居住在深谷另一边的一个叫作蒂姆迪奇的棚户区，该区域的建筑风格和伊夫兰形成了鲜明

---

\* 提兹吉特山谷位于阿特拉斯山脉中部，属于河流切割地貌。

的对照。

在 1956 年伊夫兰获得独立后，当地的那些避暑花园洋房逐渐被一些摩洛哥当地家庭买下。同时伊夫兰还有了清真寺、市场和一片新的住宅区，原本的蒂姆迪奇棚户区也被重建，有了配套的市政设施。如今的伊夫兰成了度假小镇，每年吸引着大量摩洛哥和其他国家游客前来，它甚至获得了"小瑞士"的美称。每年冬天这里都会举办冰雪节，来自全国各地的佳丽会前来角逐"伊夫兰冰雪小姐"的桂冠。但是城市发展不均的状况仍旧存在。为了应对大量前来度假的游客，当地绝大多数资源都向伊夫兰倾斜，这无形中为居住在阿特拉斯山脉欠发达区域的阿马齐格人制造了困难。极寒天气、食物和药物匮乏仍是对阿马齐格人的生存造成威胁的因素。

# 36. हिम
## 雪
## 梵文

　　在由卫星自太空拍摄的地球图像上，喜马拉雅山脉看起来就像是某种精致的蕨类植物的叶子，或者是某种霜花：它从缅甸北部的丛林延伸到印度和中国西藏边界的弧形地带，穿过不丹、锡金和尼泊尔，一直延伸至位于巴基斯坦和中国边境的喀喇昆仑山的土色冰川上。地图上舒展开的银色条带实际上是 15000 条冰川舌，其中包括极地之外最大的冰川——锡亚琴冰川。即便紧邻热带，绵延 2400 千米的喜马拉雅山脉仍旧终年积雪，其雪线高达 5500 米，是世界上雪线最高的山脉。事实上，喜马拉雅（Himālaya，हिमालय）是由梵语中的 himá（हिम）和 ā-laya（आलय）两个词组合而成，前者意为"雪"，后者意为"故乡"，合在一起意思是"雪的故乡"。在印度教中，喜马拉雅山脉被认为是雪山之王喜马哇达的化身（喜马哇达的梵语写作 हिमवत्，其意为"有霜的"）。喜马哇达是古印度喜马拉雅王国的统治者，他也是帕尔瓦蒂的父亲。帕尔瓦蒂为喜马拉雅的雪山女神，是象征着繁衍、爱情和美丽的女神。

数百万年前，古特提斯洋将亚洲与印度次大陆分隔开来。板块移动时，欧亚大陆发生碰撞，海床上的岩石发生弯曲。破裂的地壳中不断释放出岩浆，不断向前移动的冰川将岩浆挤压，最终形成壮观的花岗岩山峰。后来登上珠穆朗玛峰和喜马拉雅山脉标志性山峰的探险者们脚下踩着的其实是海洋石灰岩；在一些沉积岩中，人们甚至发现了海洋生物化石。尽管喜马拉雅山脉是地球上最年轻的山脉之一，但它的雪域网通向地球上许多最高峰，所以不少雄心勃勃的登山者将其设为攀登目标。

那些只追求征服标志性雪峰的登山者往往会忽视这些山峦更深层次的美。几个世纪以来，大量的圣贤、作家、建筑师和艺术家以喜马拉雅山为灵感创造出了无数的宗教艺术和人文作品。印度教、佛教、耆那教、锡克教和西藏原始苯教教徒都将喜马拉雅视作圣山，其形象在南亚次大陆文化中扮演着极其重要的角色。在喜马拉雅山脉的众多山峰中有一座叫作凯拉萨山，凯拉萨山被赋予了极为重要的宗教意义，攀登凯拉萨山一度被认为是亵渎神明。凯拉萨山处在与世隔绝的高原之上，由于印度河、苏特勒伊河、雅鲁藏布江和卡纳利河皆由此发端，所以它被认为是万物的中心。凯拉萨山平坦的山体上覆盖有积雪，而据传说这积雪是由水晶、红宝石、黄金和天青石混杂而形成的。在印度教中，代表启蒙智慧的神明湿婆便住在凯拉萨山上，湿婆的伴侣便是帕尔瓦蒂。也是从凯拉萨山，恒河如瀑布般下坠，为了避免河水淹没众生，湿婆以头发接住恒河水并使其在发丝间流转后再顺冰川而下流入人间。

过去曾经有登山者尝试攀登凯拉萨山，而他们的计划皆被大雪阻断了。1936年，一位居住在西藏阿里地区的当地人告诉登山者赫伯特·提希，只有"完全没有罪恶的人"才能攀登凯拉萨山，而在他看来攀登本身并不重要，"你只管把自己想象成一只鸟，鸟儿飞至山顶你便也到达了山顶。"登山运动员莱因霍尔德·梅斯纳曾经得到了中国政府的允许，获准攀登凯拉萨山。在1980年，这位登山运动员在没有携带任何供氧设备的情况下成功登顶珠穆朗玛峰。不过最终梅斯纳放弃了攀登凯拉萨山，他表示："如果我们征服了这座山，那么我们便也将我们本不欲征服的人类灵魂中的某些东西征服了。"

如今，凯拉萨山仍旧是人迹罕至，唯有神明将这里作为可驻留的家园。居住在山巅的湿婆的第三只眼恒久地闪耀着超自然的力量和智慧之光。与此同时，山神则平静地审视着无常交替的人类悲喜，地球板块的缓慢移动，逐渐消融的冰川和间或出现的飘雪，正是这一切如万花筒般的种种幻象交叠在一起组成了喜马拉雅山脉之下广袤的生命世界。

# 37. Qasa
## 雪／冰
## 奇楚亚语

　　"我相信自人类有记忆以来，任谁也没有见过如此令人叹服的景象：蜿蜒的公路穿过深谷、雪峰、沼泽、活岩以及湍急的激流；有些路段平坦易行，公路随着山坡的地势起伏。为了修筑它们，人们需要搬空山石和山间一切的障碍物，改道部分河流，在积雪中修筑台阶和供攀爬之人休息的地方。到处都是那么整洁干净。这里有大量的住宅、用于存储物品的仓库、太阳神庙，公路中段还设有中转站。"秘鲁的征服者佩德罗·希萨·德里昂在1553年如是写道。德里昂描述的伟大工程便是印加路网（奇楚亚语中写作 Qhapaq Ñan），该运输系统北起厄瓜多尔，南及智利，全长30000千米，其分支沿安第斯山脉蔓延。在德里昂抵达时，该公路系统使用了几个世纪之久。在奇楚亚语中，Qhapaq Ñan 意为"富足之路"（奇楚亚语是大多数居住在秘鲁、玻利维亚和厄瓜多尔安第斯山区的土著居民使用的语言）。印加路网联结着印加帝国的各个社区部族，信使往返于公路上的中转站传递信息（奇楚亚语中往返于山间公路的信使叫作 chasquis）；每当有军事演习时，会有羊驼驮着物资往返于山间公路上。

印加路网是一项伟大、精密而复杂的杰作，在当时人们需要克服世界上最艰难崎岖的地形来修筑它。印加人格外了解自己的土地，也极其准确地掌握了当地的气候特征。他们在陡峭的山坡上修筑台阶，这样可以避免洪水侵蚀山体；他们在高海拔地区以石子铺路，石子在大雪（在奇楚亚语中，大雪写作 qasa）降临时将积雪与地表隔绝，起到了保护作用。惊艳过德里昂的印加路网时至今日仍旧是令人叹服的存在，联合国教科文组织将其列为世界遗产，理由是"它是印加文明特殊和独特的见证"。

与奇楚亚人不同，西班牙殖民者常常因安第斯山脉复杂的地形和天气状况而感到迷惑。德里昂对这一点也有过记述："其他地方的山峰都是被森林覆盖，这里的山峰则被厚重的积雪覆盖，西班牙人总是搞不清楚什么时候会下雪，往往他们刚进入山间，巨大的雪片便从天空飘落了。对此他们感到困扰，甚至不敢抬头看天空，因为雪片落在睫毛上会冻伤眼睛。"而印加人则不畏惧大雪，他们向雪表达敬意，尝试与它平等对话。奎鲁里特节（Quyllurit'i）是印加人的传统节日之一（尽管如今该节日也融合了天主教的某些祈祷仪式）。当地人至今仍然会在每一年的奎鲁里特节于秘鲁的辛纳卡拉山谷朝圣祈祷。在奇楚亚语中 quyllu 意为"明亮的雪花"，而 rit'i 意为"雪"（有时也被译为"雪星"）。奎鲁里特节是与雪有关的节日，奇楚亚人在节庆到来时歌唱舞蹈，供奉雷神帕里亚卡卡，以求来年风调雨顺。在节庆最后一晚，被当地人叫作乌库乌库斯的人们会装扮成熊的样子，爬到高山上为自己的部族收集山顶的冰块，当地人认为这种冰块具有极强的疗愈作用。而近年来随着冰川逐渐消融，乌库乌库斯已经不再登高收集冰块了。

高山冰块不仅能够治愈疾病，单从饮用角度来说，它极为纯净可口，广受当地人的喜爱。在过去，商人们常从冰川上凿下冰块，沿着印加路网将其运输至城镇的市场上出售。他们以编织的稻草覆盖冰块防止其融化。如今安第斯山脚下仍然有一座小镇以冰块贸易作为其主要产业，该小镇是从帕里亚卡卡雪峰通向利马市的中转站，小镇的全名是圣何塞德涅夫涅夫（San José de Nieve Nieve），为了方便起见，人们常常以涅夫涅夫（Nieve Nieve）来称呼它，而 Nieve 一词恰好表达了小镇赖以生存的产业——冰雪。

# 38. በረዶ በረዶ
## 雪 / 冰雹
## 阿姆哈拉语

在俄塞俄比亚的阿姆哈拉语中没有与"雪"对应的单词吗？学者们一致认为阿姆哈拉语中的  በረዶ በረዶ 一词可用于指代从雪到冰雹的各种固体降水形态。当地人甚至曾经以  በረዶ በረዶ 一词指代冰块。极地文化中往往有各式各样与雪有关的表达，这些词汇反映着当地寒冷的气候条件；埃塞俄比亚人赋予了  በረዶ በረዶ 一词广泛的含义，他们同样意在描绘这片非洲大陆上不同的天气。

多年来，欧洲探险家一直就埃塞俄比亚是否有雪有所争论。怀疑者一派中包括来自苏格兰的探险家詹姆斯·布鲁斯。布鲁斯于 1769 年到 1772 年在非洲大陆旅行，在当时，大批探险家前往非洲，为的是寻觅神秘的"月亮山脉"。古时的作家以及像托勒密这样大名鼎鼎的占星家及地理学家认为"月亮山脉"是尼罗河的发源地（如今绝大多数学者认为尼罗河发端于乌干达和刚果民主共和国两国边界的鲁文佐里山脉）。詹姆斯·布鲁斯声称阿姆哈拉语中没有"雪"这个单词，而埃塞俄比亚人也从来没有见到过雪。他说自己曾经在埃塞俄比亚北部的瑟门山脉（阿姆哈拉语写作 ለሚን+ራርፕ）上看到过白霜，不过从未看到过积雪。

如果布鲁斯有机会在埃塞俄比亚看到雪，那只能是在一些高地附近，这些高地被绿色的山谷分隔开来，错落有致的山峰拔地而起，海拔高达 4550 米的拉斯·达善峰便是其中一座。即便是在冬季温度足够低的情况下，这些山地也极少会出现降雨，降雪就更不可能了。在埃塞俄比亚，降水多见于夏季。在夜间，拉斯·达善峰偶有降雪，不过由于该区域的昼夜温差太大（正午山区气温可超过 5 摄氏度），夜间的积雪很快便融化了。

然而也有人持反对意见，有人声称曾经在瑟门山脉目击过降雪并留下了文字记录。在位于红海的港口城市阿杜利斯，有人在当地的一把石椅上发现了一段古老的铭文。刻下铭文的是公元 3 世纪曾经在瑟门山脉一带进行过军事活动的无名国王："那里交通不便，山峰被积雪覆盖。冰雹风暴一年四季都会光顾。但凡下雪，路面的积雪都会没过膝盖。"这位国王描述的地区很有可能就是瑟门山脉。再后来目击过埃塞俄比亚降雪的是 17 世纪在当地传教的耶稣会牧师杰罗尼莫·洛博。探险家亨利·索尔特于 1814 年 4 月 9 日在瑟门山脉的一座山峰上看到了雪，同时他还提到与他同行的旅伴纳撒尼尔·皮尔斯几年前就曾经在海伊山顶上经历过一场大雪。皮尔斯告诉索尔特，当年的雪"落下时并不猛烈，大片的雪花是像羽毛一般，静静地落下"。还有其他 19 世纪的旅行者也对瑟门山脉上的雪有过描述，他们说山顶的积雪与深蓝色的天空以及低海拔地区的绿色植被形成了鲜明的对比。1841 年 1 月甚至有报道称，法国军官费雷特和加利尼尔在登顶拉斯·达善峰时互相向对方扔雪球，之前从未有人提到过在山顶上打雪仗这回事。若是瑟门山脉从来没有过积雪这又怎么可能发生呢？

# 39. Ttutqiksribvik
## 用于停船的浮冰
## 因努皮亚克语、威尔士方言

这种浮冰靠近冰压脊，它属于岸冰的一部分，其上覆盖着一层雪。因纽特人会将船倒置于此，船头向下，船底的齿轮向上，如此一来便可以保护齿轮。

浮冰的形成始于海面上看上去如一层油脂一样的软泥，这层软泥实际上是冰晶；再后来，冰晶增厚成浅层的脆冰层，冰层的体积再增大便形成了冰架。冰架由海岸向海的远处延伸，直至与浪花相接并被其冲击拍打。风和潮水的力量将大型的冰架分割成一块块的浮冰，浮冰之间撞击挤压形成冰脊，这些冰脊的一部分由海面跃然而出。浮出水面的只是冰脊的一小部分，其大部分甚至能深入海床。在冬日将近之时，降雪软化了冰原的边缘处，造就了小块的雪状浮冰（qaimugut），这些浮冰如浪花一样洁白且无依。北极熊喜爱在这种浮冰上歇脚。因纽特人*发现这种浮冰可以用来安放船只：无论是启程、抵达，还是在航程中途歇脚，把船暂时停靠在这种浮冰处都再合适不过了。在因努皮亚克语和威尔士方言中，人们把这种用做停船的浮冰写作 ttutqiksribvik。

下文说的这个地方是威尔士的一个小村落，它位于阿拉斯加最西端的露头处，由此可以纵览由白令海峡至俄罗斯的楚科奇半岛的整个风光。每年春天，这里的人们便纷纷离开他们位于陆地上的家，在浮冰上守候数日，其目标是此时准备向北迁移的弓头鲸。村民们轮流值守，一艘船长久守候在浮冰边缘，鱼叉和绳索则在船头准备就绪。当漆黑的海面出现暗影或是忽然有水柱喷出时，猎人们便会从帆布做成的防风帐篷中现身，开动船只追击弓头鲸。

狩猎是因纽特人不可或缺的生活元素，这项活动不仅可以为部族的老小提供食物，也是因纽特人的精神寄托。而船象征着一个猎人的狩猎能力和社会地位。因纽特人使用的木架皮舟通常可以容纳几个人，传统的木架皮舟的骨架是以浮木或鲸骨制成，而

---

* 原称爱斯基摩人，指的是生活在北极圈和加拿大北部的印第安部落。爱斯基摩是其他印第安部落对他们的称呼，原意为"吃生肉的人"。因纽特人认为这个称呼含侮辱意味，故要求正名为因纽特人。

船身的材料是海象或是须海豹的毛皮。船骨架可以长久使用，船身的材质决定了其寿命，毛皮必须定期更换。

春季是因纽特人捕猎海象的时节。他们更青睐于使用雌性海象的毛皮，相较于雄性，雌性海象皮肤上的伤疤要少得多。在获取到海象皮之后，因纽特人必须想办法将其妥善储存。这是因为他们还需要待在船上直至狩猎季结束，如果对这些毛皮置之不理，它们很快便会风干失去弹性。因纽特人想出的办法是将海象皮埋在雪地中。

每年春天出海狩猎前，因纽特人都会围着皮舟举行庄严的仪式。按照传统，在船下水前人们会以石墨在船体周围画一条边界线，该边界象征着海洋与陆地的界限。因纽特人将木头视作吉祥之物，这是因为在广阔的冰原地带极少见得到树木，因此木头被视作是极为珍贵的材料。正是因为木头的吉祥寓意，有时年长的妇人会将雕刻木桨时掉落的木屑收集起来，并将其撒在由冰面通向海面的地表，形成一条木屑小路，这是祈福的一种方式。到了今天，白令海峡翻涌的海浪一如既往的凶险，在出海前，孩子们仍旧会聚在船周围，为即将远航的人们吟唱祈福的曲调。

对于因纽特人来说，皮舟不仅仅是一艘船，它还可以被当作避难所和储藏室。在因纽特人捕鱼季结束回到陆地上之后，岸冰边缘倒置的船体成了供孩子们玩乐的场所。有些因纽特人甚至把皮船作为一个作坊，在那里把海洋动物的骨骼碎片削成各种形状给孩子们做玩具用。一位作家说自己在当地看到过一个巨大的倒置的因纽特皮船，船上挂着绳索，孩子们将船身当作游乐场。在过去，因纽特人将前一年捕获的鲸鱼肉风干串在一起存放在皮舟中，他们认为这样便能为来年的捕鱼季积攒下好运气。

时至今日，沿着北极海岸线居住生活的不少因纽特人早已开始使用摩托艇作为交通工具，而在阿拉斯加，皮舟仍然广受欢迎。而如今部分皮舟已不再使用海豹皮作为船身的材料，取而代之的是铝片。皮舟改变了，威尔士捕鱼人的生活方式也在悄然发生变化。当地人小韦亚普克说如今雪地机车轰鸣来往，全地形车可以丝毫不受暴风雪天气的影响，自由穿梭于各家各户之间，这比狗拉雪橇高效得多。各家各户的厨房都有了收音机，人们可以及时了解到在冰天雪地中捕猎的猎人的信息，得知他们是否安全。这些改变无疑是人们喜闻乐见的。在如今，令猎人们最为担忧的是日渐稀薄的海冰和不可预测的天气：浮冰越来越薄，在其上扎营变得愈发困难。与此同时，随着冰面条件的变化，海洋动物会调整其迁徙模式，冰面条件的不稳定意味着猎人们越来越难以摸清海狮和海豹的运动轨迹，这为捕猎活动制造了难题。

出现在冰天雪地的现代科技使得因纽特人习得了大量与之相关的英语单词。小韦亚普克从 11 岁起就开始出海打猎，他从小和长辈们都是用因努皮亚克语交流。老人们以因努皮亚克语教会他如何在船上和冰面上保证自己的安全，小韦亚普克开始上学后，他便不得不开始使用英语。如今无论是在陆地、海洋和冰面，英语是最常被相关工作者使用的语言；虽然威尔士方言仍没有灭绝，可随着使用人数的减少它已经变得岌岌可危。不过值得庆幸的是《威尔士因努皮亚克海冰词典》已经被编纂完成，这本词典中记录了威尔士因努皮亚克语中与冰雪有关的气象条件以及传统知识。因纽特阿留申语族中的各种语言都习惯使用不同词根和后缀合成一个单词，而这些词根和词缀往往有着不同的意思，合成后的单词的含义多与每一个词根和后缀有关，这种构词法有点像旧时因纽特人将打猎装备排在一起并按顺序安放在倒置的皮舟下。作为因纽特阿留申语族的一种，因努皮亚克语的构词法也是如此。因努皮亚克语中的 mizagluk 一词在词典中的释意为："经常被雪覆盖的冰上的水，踩踏于其上会导致危险发生"，在发明该词汇时，因纽特人大概不会料到这种冰上水在如今全球气候变暖的条件下愈来愈常见。而像 tutqiksribvik*（用于停船的浮冰）这样的词汇则提醒着我们，尽管如今的气候为因纽特人带来了更大的挑战和风险，尽管科技使他们的生存方式发生了或多或少的改变，冰和雪仍然是当地人赖以生存的支柱。

---

* 疑为原书误写，此处应为 ttutqiksribvik。

# 40. Ais i pundaun olsem kapok
## 雪 / 像棉絮一样落下的冰
## 托克皮辛语

在从东到西横贯新几内亚的山脉上生长着世界第三大热带雨林。这里有数千种稀有动植物，是全世界环保人士持续关注的林带。在这里，巨大的蕨类植物从肥沃的土壤中肆无忌惮地向上生长，不起眼的苔藓总是能很快由棕榈树的树干爬上其树冠。在枝条下垂的无花果树和有着芳香气味的金合欢树之间，兰花的花瓣明艳地舒展着，而四周则是密实的灌木丛。

雨林中的兰花种类比世界上其他任何地方都要多，而新几内亚岛全境的物种则更加丰富，这其中包含源于冈瓦纳大陆的一些古老植物物种。冈瓦纳大陆在一亿年前几乎覆盖了地球表面面积的五分之一，约在中生代，这块大陆开始解体并移动，分裂开的陆地逐渐形成了如今我们熟知的南半球的形状。澳大利亚−新几内亚大陆板块在脱离冈瓦纳大陆后仍旧保有其原始独特的生态系统。在大约 1000 万年前，当新几内亚岛漂流至其如今在西太平洋的位置后，大量源于冈瓦纳大陆的物种仍然存活着，他们与后来由亚洲沿岸迁移至此的新物种一起生长繁衍。

在新几内亚的热带气候条件下，雪是极为罕见的，在这里甚至连冰雹都很少见（冰雹在托克皮辛语中写作 ren ais，托克皮辛语是克里奥尔语的一种，其在新几内亚被广泛使用，除了托克皮辛语，另有其他 1100 种语言被当地不同人群使用）。任何戏剧性变化的天气状况都会被几代人所津津乐道。20 世纪 70 年代，地理学家罗纳德·斯凯尔登在非洲东部高地遇到了古哈库人，他们向斯凯尔登讲述了 19 世纪末一场史诗级的冰雹（据说这场冰雹可能和 1883 年印度尼西亚喀拉喀托火山爆发有关，在那次火山爆发后的几年内世界各地相继出现了一系列奇怪的天气事件，其中包括骇人的雪暴和在人们料想之外的地方出现的雪崩；喀拉喀托火山爆发引发了众多异常天气，其影响大约可以和发生在 2010 年的冰岛埃亚菲亚德拉冰盖冰川火山喷发相提并论）。伴随着当年那场大冰雹的是剧烈的地震，这场地震折断了树枝，摧毁了古哈库人居住的茅草房，甚至还引发了山体滑坡。一时间天昏地暗，古哈库人不得不举着火把离开他们支离破碎的家园。第二日，地面被冰霜覆盖，只不过这冰霜并不持久，待太阳再次出现的时候它便融化了，没了冰霜覆盖的地面上到处是被雹子打烂的木薯和红薯。这场白色的天气灾难使古哈库人损失了部族内极为崇敬的圣物——白色的猪，不过时至今日，生活在岛上的居民只不过把猪视作一种必不可少的食物。

古哈库人在对风暴的描述中强调了其对树木和农作物的破坏，他们以 ovisopa 一词来称呼冰雹，ovisopa 原本的意思是一种荨麻科植物开出的小白花，由于其颜色和形状与冰雹有几分相似，所以古哈库人便将这一原本指植物的单词借了来。初见冰雹的古哈库人感到十分惊奇，面对从未见过的从天而降的奇物他们选择用自己更为熟悉的表达来描述它；与荨麻开出的小白花一样，冰雹也是转瞬即逝的。新几内亚人对于雪的描述同样和植物有关，ais i pundaun olsem kapok 是托克皮辛语中雪的对应表达，逐词翻译其意为"像棉絮一样落下的冰"（其中 kapok 是"棉花"的意思；olsem 意为"像……一样"或"以某种方式"；pundaun 的意思是"落下"）。棉花是新几内亚岛上的常见植物，其白色纤维的确很像雪，尤其是在种子成熟后，若是有暴风雪将棉絮从棉铃上扯下并将其吹落至葱茏的土地上，这一切不就恍如落雪吗？

# 41. Hagelslag
## 雪雹阵 / 搭配以面包食用的巧克力碎屑
## 荷兰语

      总有些人是会对度假这件事情感到为难的。在小时候我和家人度假的频率大概是每五年一次，而我们的目的地只有一个——荷兰。我的父亲是一位艺术史学家，他的研究专长是荷兰油画，把度假地选在荷兰可以方便他在荷兰国家博物馆进行学术研究。每一次去荷兰几乎都是在冬天，大部分时间我们都待在室内，待在灯光昏黄的博物馆画廊里。我跟着父亲看过大量以河道为主题或是背景的荷兰画家的作品，至今仍令我印象深刻的是亨德里克·阿维坎普的《冬日景致和溜冰者们》，画面上各色人等在结冰的河面上滑冰，其中有穿着亮眼的情侣、渔夫、老妇人以及小孩子们。在荷兰的冬季我确实曾经看到过此番场景，不过那些滑冰者的面容我已经记不起了。谈及荷兰，我记得父亲在当地的一位朋友曾经送给过我一根被染成亮橙色的鸵鸟羽毛，也记得在一个霜冻的傍晚我在城市广场上堆了一个雪人，还记得我在荷兰第一次吃到当地的一种叫 Hagelslag 的特色食物，一种巧克力碎屑。

Hagelslag 算是一种配餐，荷兰人常在早餐时搭配面包食用。Hagelslag 正确的荷兰语发音包含两个喉音，听上去有点像肚子饿时发出的咕噜咕噜声。这种"面包伴侣"的口味和形态极其丰富，包括巧克力碎屑（有牛奶巧克力、白巧克力和黑巧克力口味）、大块的巧克力碎屑、巧克力片，甚至是森林水果口味的巧克力碎屑——它们均被涵盖在 Hagelslag 这一品类下。如今为了迎合顾客多样化的需求，还出现了低糖巧克力碎屑。荷兰绝大部分超市都设有巧克力碎屑的货架，有的超市甚至专门开辟出一片区域摆放这类商品，还有专门贩售巧克力碎屑的自动售货机。在荷兰每天约 75 万片面包被佐以这种甜味碎屑消耗掉，而每年荷兰人要消耗约 1400 万千克巧克力碎屑。

巧克力碎屑并不是什么新鲜事物，一个世纪前它便存在了。在 1919 年一个阴冷的秋日，文考甘草糖公司的董事 B.E. 迪亚皮林克看着窗外，雪雹在落下至鹅卵石路面的一瞬间又被反弹起来，他瞬间灵机一动，有了想要把茴香籽味道的糖果磨成碎屑贩售的想法，他认为这种甜味碎屑搭配面包食用一定会大受欢迎。

在物资匮乏的 20 世纪初，这种甜味脆片一经推出就广受欢迎。虽然文考公司为 Hagelslag 注册了专利，但这并没有阻止其他公司生产类似产品。德瑞吉尔公司便是其中一家。德瑞吉尔公司生产了柠檬、覆盆子和茴香籽味道的甜味碎屑，并把这种产品命名为 Vruchtenhagel，与此同时该公司也生产了巧克力碎屑，并赋予其有别于 Hagelslag 的名字——Chocoladehagel。1938 年 1 月31 日，为了庆祝奥兰治拿骚王朝的贝娅特丽克丝公主降生，橘子口味的甜味碎屑被批量生产。对比于填海造陆\*这种具有重大历史意义的工程，生产制作巧克力碎屑这件事看上去可能显得微不足道，可这种食物对于荷兰人同样有着深刻的意义。

---

\*　荷兰自 13 世纪起便开始大规模填海造陆。

# 42. Eira
## 雪
## 威尔士语

在威尔士山区被冬季积雪覆盖时，距其 13000 千米的巴塔哥尼亚草原正值盛夏。在巴塔哥尼亚，安第斯山脉冰川和大西洋海岸之间，一群英勇的威尔士移民在 19 世纪建立了里奥内格罗以南的第一个永久性定居点。1865 年，从利物浦出发，经过两个月的旅程，153 名威尔士人乘着由运输茶叶的帆船改建而来的米莫萨号来到了巴塔哥尼亚，他们被这片土地的未来所吸引，并希望在这里获得更多的自由。

这些移民的父辈在威尔士生活的年代恰逢英国政府颁布著名的教育法案——禁止师生在学校中使用威尔士语。而英国政府对此禁令的辩解直到今天也令人震惊："对于威尔士人来说，威尔士语有着大量的缺点，对道德进步和商业繁荣造成了多重障碍。它阻碍了人们之间的交流，影响了文明的发展，同时妨碍了人们获取知识。"

第一批抵达阿根廷的威尔士移民获得了政府提供的土地，他们可以在丘布特谷下游地带开垦。这是一块干旱的土地，在这里耕种要比在威尔士肥沃的山谷耕种难得多。威尔士人在当地教堂接受布道，其最先聆听的便是关于以色列人是如何在荒芜之地生存下来的圣经故事。这些故事意在传递这样的思想：荒芜之地的确不利于人类生存，那是孤独和凄凉的绝望之地，而在其上耕耘是对于人性的试炼，对于信仰的考验。

在不毛之地耕耘了一段时间后，威尔士移民从当地土著部族德卫尔彻人口中得知向西有一处山区，那里土地肥沃，植被葱郁，还有顶部被白雪覆盖的山峰。尽管并不确定这片沃土是否当真存在，威尔士人还是毅然决然地出发探险了。

这群探险者沿路为所到之地取了各式各样的名字，如Hirlam Uffernol（威尔士语，意为"地狱之旅"）、Banau Beiddio（威尔士语，意为"绝命山巅"）；单是由这些名字我们便能了解到在巴塔哥尼亚探险绝非易事，而想要找到那片传说中的土地更是难上加难。大约在米莫萨号抵达约 20 年前，巴塔哥尼亚已知的可耕地几乎已经被分配完毕，所以威尔士人必须不停地探寻新耕地。终于，在 1885 年 11 月，威尔士人到达了景色宜人、植被丰富的安第斯山麓，他们将这片土地命名为 Cwm Hyfryd，意为"宜人的山谷"。

探险队的成员之一托马斯·约翰·默里写道："那天晚上，我们在河岸边扎营，一条小溪从我们身后的山上流出。河岸上有黑加仑、红醋栗、大黄、覆盆子、豆瓣菜、桦树和其他树木。"在平原上耕种很多年以后，这里美丽的风景唤起了人们对威尔士山丘的美好回忆。另一位先驱者说："安第斯山脉的壮丽景象在我们左右两侧展开。这是人类可以看到的最壮观的景象之一。"

待第三代移民抵达后，随着定居者人数增多，威尔士人逐渐开始恢复使用威尔士语作为日常语言。彼时他们可以毫无顾忌地在瞥见安第斯山时脱口而出威尔士语单词 eira，来指代山上的积雪（eira 一词在威尔士语中的发音与英语中 Sarah 一词押韵，二者词尾音节发音一致）。但从 20 世纪 30 年代开始，阿根廷政府对多民族国家的态度发生了转变，规定人们只得在家庭内部和在教堂做礼拜时使用威尔士语。在 70 年代和 80 年代的军事独裁统治期间，政府禁止人们给孩子起威尔士名字。由此，威尔士移民在家庭内部使用其母语的频率也越来越低。具有讽刺意味的是，同一时期的英国政府对威尔士语使用者变得更加包容，威尔士人原本是为了获得自由才前往巴塔哥尼亚的，在新大陆他们发现自己的语言使用自由反而逐渐受限。

　　1965 年，威尔士人定居阿根廷满一百年，从那时起，威尔士语在当地的使用情况似乎又有了复苏的迹象，一些当地学校开始以威尔士语和西班牙语双语授课。现代的巴塔哥尼亚威尔士方言与英国的威尔士方言并不相同，前者融合了一些西班牙语词汇，在发音上也受到西班牙语的影响。尽管阿根廷与威尔士分处南北两个半球，语言和大自然却作为媒介为本不相干的二者制造了联结。

# 43. Itztlacoliuhqui
## 冰霜之神
## 纳瓦特尔语

人们对墨西哥印象最为深刻的或许是其炙热的沙漠地带，没什么人会把墨西哥和雪联系在一起。但在托卢卡和杜兰戈等高地地区、锡特拉尔特佩特火山、波波卡特佩特火山和伊斯塔西瓦特尔火山裸露的山顶上，时常看得到降雪。伊斯塔西瓦特尔火山是墨西哥最高的山脉之一。在纳瓦特尔语中，伊斯塔西瓦特尔（Iztaccíhuatl）意为"雪白的女人"。伊斯塔西瓦特尔山脉共有四座山峰，它们的形状分别像人的头部、躯干、膝盖和脚，其排列在一起的确像是被白雪覆盖着的侧卧人形。

在1521年西班牙人征服特诺奇蒂特兰城之前，每年阿兹特克人都会从部族中派出一人，此人会装扮成伊兹特拉科利乌基

（Itztlacoliuhqui）——冰霜之神——的样子攀登伊斯塔西瓦特尔山，待抵达山顶后，他便会取下面具，将其留在冰雪之中。阿兹特克人此举象征着将冰雪之神送还至故乡，他们认为如此一来便能确保玉米、豆类、西红柿和辣椒不被冰霜所伤。

在阿兹特克人的神话中，冰霜之神的诞生与太阳神托纳提（Tonatiuh）有关。托纳提极其傲慢，要求众神必须对其俯首帖耳。黎明之神、晨星与金星之主，托拉维斯卡邦提克乌托里（Tlahuizcalpantecuhtli）被托纳提激怒，因此向其射出了光之箭，不过这一箭没有击中目标，托纳提将箭矢掷回，正中托拉维斯卡邦提克乌托里头部。

在被射中的瞬间，托拉维斯卡邦提克乌托里成了新的神，那便是冰霜之神——伊兹特拉科利乌基，从此之后他便不再与黎明有关，而是与夜晚、寒冷的北方和人迹罕至的地界联系在一起。伊兹特拉科利乌基职责颇多，他还掌管冰雪、冬季、罪孽、惩罚以及人类的痛苦。在英语中，Itztlacoliuhqui 一词被翻译为 curved obsidian blade，英文译作中文意为"有弧度的黑曜石薄片"，这恰好描述了冰霜之神面具的形状和材质。但纳瓦特尔语学者 J. 理查德·安德鲁斯指出，Itztlacoliuhqui 一词也或许可以解释为"一切都因寒冷而变得弯曲"或是"植物杀手——霜冻"。

如今世界上仅有几份古手稿中还保有冰霜之神的画像：他穿着带流苏的、以浅紫色和黄色为主色调的长袍，袍子上有杂色条纹；他的头饰是一支流血的箭头，这箭头象征着其由黎明之神向冰霜之神的转变，由希望到绝望的转变；而他的面庞则被一块弧形的黑曜石遮住。有人说黑曜石面具象征着铁面无私、公平正义，也有一说认为这面具代表着冰霜之神对忍受饥寒的贫困农民们及其家庭的悲惨遭遇的无动于衷。无论黑曜石象征着什么，它与冰霜之神的形象都是极为搭配的，这种石头质地锋利，在这一点上它与冰霜的特质相似极了。

16 世纪，西班牙方济各会修士贝尔纳迪诺·德·萨阿贡在土著顾问的协助下完成了反映阿兹特克文明的民族志《佛罗伦萨手抄本》，萨阿贡在书中提及了严寒气候对阿兹特克人的影响："寒冷的季节每年都会到来。在奥克帕尼兹利节（Ochpaniztli）*期间，寒冷的天气便开始了。这种日子会持续约 120 天之久。"寒季是阿兹特克人进行清扫的季节，而阿兹特克日历中每年的第十一个月便写作 Ochpaniztli，它的意思便是"打扫"。

作为冬季之神，冰霜之神手持扫帚，扫帚象征着辞旧迎新。冰霜之神本身就有两面性，霜冻不仅是令人害怕的存在，它的出

---

\* 阿兹特克太阳历中第十一月的大丰收节。

现也预示着季节更迭，冬日过后便是播种和收获的季节。信奉冰霜之神的阿兹特克人极为看重在冬季清扫一事，在奥克帕尼兹利节期间，房屋、街道和山坡都被清扫一新，这象征着新开始和新生活。

# 44. ᐸᐦ
## 雪刀
## 因纽特语

　　面对一门完全陌生的语言，该如何展开转写工作呢？这个问题当年也同样困扰着初到北极圈并且初识因纽特语的法国及英国传教士。因纽特语在英文中写作 Inuktitut，其中 Inuk 意为"人"，-titu 意为"以某种方式"，两个词合在一起传达的意思为"人们说话的方式"，而这恰恰表达了因纽特语对于当地人的意义。在历经多年的争论后，19 世纪 70 年代，传教士终于对于以何种方式转写因纽特语达成了共识：他们决定使用与克里语相似的音节系统建立因纽特语的音节体系，这些音节在英文中被称作 Qaniujaaqpait（ᖃᓂᐅᔮᖅᐸᐃᑦ），构成它的核心词根是 qaniq，其意为"嘴巴"；与音节体系相对的拼写体系——拉丁文拼写体系——则被称作 Qaliujaaqpait（ᖃᓕᐅᔮᖅ<ᐊᑦ），该词的核心词根是 qaliit，它的原意是"刻在岩石上的标记"或是"岩石上的斑纹"。由此，传教士将原本只保存在当地人口中的语言落实为文字，因纽特语和西方拼写体系产生了联结，而这种联结强化了口语传统和书写传统之间的差异。

传教士对因纽特语的转写造成了语言上的变化，日后因纽特人聚居区与英语使用区之间的矛盾因而愈发突出。因纽特人聚居区为加拿大林线以北的地带，包含东海岸的纽芬兰和拉布拉多至曼尼托巴省的部分地区，以及努纳武特州——加拿大境内最大的因纽特人聚居地，该聚居地的最南端紧靠哈德逊湾，最北延伸至北冰洋的群岛。努纳武特是加拿大最晚成立的州，该州在 1999 年 4 月 1 日正式从加拿大西北领地中划分出来，这是对于传统意义上属于因纽特人的土地的认可，具有重要的历史意义。

最早以书面文字记录下来的因纽特文学作品是一本叫作《萨那克》的小说。其作者米蒂亚茹克·纳帕鲁克在 20 世纪 50 年代受一位天主教传教士之托整理因纽特语中的常用词汇并将其编纂成一本词典。这项工作持续了二十年，期间纳帕鲁克与人类学家伯纳德·萨拉丁·安格鲁尔相识，安格鲁尔鼓励纳帕鲁克以因纽特语创作小说，并自愿承担小说的英文翻译，这便有了后来的《萨那克》一书。《萨那克》讲述了一个庞大的因纽特家族成员的日常，包括他们是如何制作以及修补衣服，如何收集鸟蛋、捕猎海豹，如何在严寒地带生存。小说中多次描述了因纽特人建造其居住的雪屋的场景。

在北极生存的必要技能之一便是以积雪建造一种圆顶雪屋，这种房屋被因纽特人称作 iglu。两个因纽特人可以在一小时内盖好一座圆顶雪屋，他们必须做到高效，因为只要动作稍一迟缓，等待他们的便可能是足以致死的恶劣天气。因纽特人常常利用一场暴风雪带来的降雪建造抵御下一场暴风雪的雪屋。建造一座雪屋需要持续性降雪，松软的雪块容易在搬运过程中碎裂，不适合建造雪屋。相对硬实的雪块最好，不过太过硬实也不行，否则不易于切割成块。最理想的降雪是在暴风雪中降落的干燥的散雪。《萨那克》一书中的一段对话展现了适于造房子的雪对于因纽特人的重要性：

卡林古出门寻找适于造房子的雪，他戴着长手套，手上拿着雪刀。至于萨那克，她昨天已经忙了一天，这会儿即便她有心，也无力再出门找雪了。

阿纳图因纳克对萨那克说道："我要堵上雪屋外面的那些裂缝……"

卡林古在雪地上挖了一个洞，可惜的是这一处的雪并不适合盖房子。他说道："这雪一点儿都不好，看来我们得用那些被踩过的雪……我是说我们把这些雪聚到一起然后集中起来踩雪，只需要一晚上他们就会结成雪块。"

说着他用雪刀割下了一大块雪砖，随后阿纳图因纳克用她的双脚将雪块踩碎。卡林古对阿纳图因纳克说："看来我们今晚不得不受冻了。大概要等到明天才能盖好我们的雪屋。"

"雪被踩得粉碎，等它们变硬要花不少时间，"阿纳图因纳克回应道，"更远一点的地方应该有比这更湿润的雪……"

除此之外，纳帕鲁克也在书中多次提到获取雪块必须要有恰当的工具。因纽特猎人最珍视的采雪工具是雪刀，在因纽特语中雪刀写作 ⊲ɒ。最原始的雪刀刀片是以抛光后的动物骨头制成，手柄则是以象牙制成的，随着探险家抵达北极，因纽特人接触到了金属，由此金属刀片便替代了骨制刀片。不过有些人表示骨制刀片更适合采雪，这是因为雪的质地可以由骨头传递至猎人的手掌。无论使用哪一种材质，刀片必须长而锋利，只有这样猎人才能够从雪地中凿出雪块来。被开凿过的雪地有可能成为雪屋的地基，取走雪块后留空的四壁成为雪屋的墙壁，如此一来，雪屋的地面便会远低于外面雪地的地面。一般一块雪砖的厚度大约是1.2米，因纽特人会将其整齐地码成一圈，再然后猎人便会使用雪刀打磨雪砖的外立面使其形成向上的弧度。这种拱顶雪屋的结构像是蜗牛壳一样，只不过其整体是蜿蜒向上的，这和一般由砖块搭建而成的房屋结构完全不同。第二圈雪块放置在第一层上，其同样有着较为柔和的向内弯曲的弧度，该弧度同样是由雪刀修整而成。雪块每向上堆砌一层，其向内倾斜的弧度就越大，每一层雪块的边沿为上一层和下一层的雪块提供支撑。直到将最后一块雪块嵌入屋顶，建造者都必须保证它符合雪屋的抗拉结构，否则即便之前的工作做得再扎实，雪屋也会因为一块砖的错位而整体崩塌。

两人合力搭雪屋时，往往有一人需要从内部一圈圈垒砌雪砖。搭建雪屋的最后一步是在完整的拱形结构上凿出一个圆形门廊，由此建造者可以走出雪屋，从外部仔细欣赏自己的成果。在完成建造后，因纽特人会把建造雪屋时使用的雪刀插在屋子里，这似乎已经成为一种庆祝仪式，在直到需要建造新的雪屋之前，这把雪刀都会被用作工具架来使用。

尽管制造拱顶雪屋的原材料脆弱且形态不稳固，可这并不妨碍其成为坚固耐用的存在。雪在建造雪屋的过程中既充当灰泥，又充当砖块。若是雪屋透光了，这便说明屋子有裂缝，这时因纽特人会找来少许雪粉，迅速以雪刀在裂缝处将雪粉抹平（英语中我们把这种行为叫作 chinking，意为"填补建筑物上的裂缝"）。一旦人们入住雪屋，人体温度和外部寒风带来的低温会促使雪屋表层形成一层冰，这层冰能够将雪砖更好地粘合在一起，使得雪屋更加坚固。对于因纽特人来说，雪屋是其庇护所，四散在极地的雪屋可以看作因纽特人社群的缩影。夜幕降临时分，因纽特人会聚在雪屋里讲述旧时有关狩猎的故事和神话传说。在这里，历史在人们的口口相传中成了永恒；也是在这里，雪刀既可以用于切割，也可以用作弥合。

# 45. Jäätee
## 天然冰路
## 爱沙尼亚语

在冬季的爱沙尼亚，结冰的海洋、湖泊和河流成了天然的公路。行驶在这样的天然冰路上，眼前只有苍茫的地平线，后视镜中是不断向后飞跑的深色针叶林和大片的寂静。

在深冬，人们大可以驶上冻结的波罗的海海面，直接从爱沙尼亚沿岸港口城市罗胡屈拉一路行驶到希乌马岛上，这一整段路程有 26 千米，是世界上最长的天然冰路。与常规的公路不同，在天然冰路上几乎看不到任何路标。

可供司机们作为路线参考的只有先前行驶过的车辙。在路边偶尔会出现一支大型杜松枝，在本该寸草不生的湖面上它看上去的确有些突兀，这些临时竖起的路标是用来提示冰路边缘位置的。

抵达希乌马岛需要大约 1 个小时，在途中人们会惊叹于眼前掠过的如电影一般的景象，一切让人感到仿佛置身于世界尽头一般，如果有机会踏上这段旅途，一定要在车内放上些烘托氛围的音乐。当远处有暗影逐渐靠近时便意味着快要到希乌马岛了，这既令人欣慰也令人失落；令人出神的天际线和银白色的冰路马上就要被撒了盐的停机坪、满是雪泥的环形交叉路口、各种收费站、板房、路灯、电线杆取而代之。

天然冰路仅在白天开放，即便是这样，驾驶仍然充满难度，因为积雪本身就会降低能见度。人们可以通过冰路直接前往一些目的地，人类可以像鸟儿一样轻易地穿越海洋和湖泊。在冰路上行驶不能太急也不得过缓。驾驶者必须保持以 25 千米 / 小时到 40 千米 / 小时的速度行驶。在冰路上禁止停车，汽车行进速度变化可能会在冰层下激起波浪，而大量波浪的冲击足以使冰面破裂。为了防止车辆突然减速或是停车，车辆间必须间隔超过两分钟的路程。冰路的出发点设有绿灯，司机必须等绿灯闪烁后才可以行进。除此之外还有一条令人意想不到的规则，禁止系安全带。如此一来，如果发生冰面破裂的状况，驾驶员和乘客可以迅速离开汽车。

然而冰面破裂的状况极少出现，因为只有当冰层厚度达到至少 22 厘米时，冰路才会投入使用。这便意味只有在冬季最冷的时候冰路才有可能开放，而在 2015 年由罗胡屈拉到希乌马岛的冰路全年都没有开放。爱沙尼亚是世界上最小的国家之一，其国土包括大陆部分和位于波罗的海中的大量岛屿，维持陆地与岛屿间的交通通畅对于该国有着极为重要的意义，在夏季冰路不存在的状况下，人们来往于岛屿和大陆之间的交通工具则转换为渡轮。

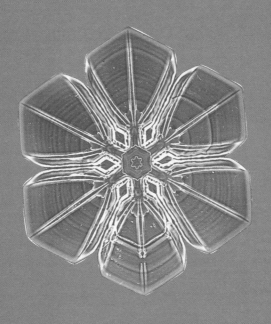

# 46. Sparrow batch
## 春雪
### 纽芬兰英语

  纽芬兰长期以来一直是重要的进出港。这个位于加拿大最东端的巨大岛屿紧邻广袤的大西洋,沿海的悬崖峭壁陡峭到令见者心悸,不过对于当年那些一路向西在海上已经漂泊了不少日子的探险者来说,峭壁的出现反而令其欣喜,这意味着他们即将抵达陆地。11世纪,北欧探险家莱夫·埃里克松抵达纽芬兰,他因此成了已知最早踏足北美大陆的欧洲人,比克里斯托弗·哥伦布要早几个世纪。在埃里克松抵达纽芬兰时,贝奥图克人作为当地的土著已经构筑起了自己的社会文明。下船时,埃里克松感受到了岛屿上温和的气候,眼前是河流中灵活游动的鲑鱼,身旁大量的葡萄树葱郁生长,他将这片富有生机的土地命名为"文兰岛"

（Vinland），意为"新大陆"。

对比于埃里克松的家乡格陵兰岛，纽芬兰的气候自然是好得多，但是以一般标准来看，纽芬兰的冬日仍然是极其严酷的：彼时海岸线被浮冰封锁，由冰川挤压而成的中部岩石平原被深厚的积雪所覆盖。每到3月，当地开始出现回暖的迹象，3月的纽芬兰是"银霜"（当地英语写作 silver thaw）频降的时节，所谓银霜便指是略结冰的降水，银霜降落在呈冰冻状态的万事万物上，原本冰封之下的冷峻显得柔和了些许。

"silver thaw"不过是纽芬兰岛方言中无数与英语相近的表达之一。这种方言在埃里克松抵达之后由后续的移民带入当地，而这些移民主要来自英国西南部地区（包括布里斯托、德文郡和康沃尔郡），这种语言由此在纽芬兰扎根下来，它和加拿大以及北大西洋地区使用的英语有着明显的差别。春天到来时，你可能会从当地人口中听到"sparrow batch"这样的表述，sparrow 意为"麻雀"，batch 则意为"蔚为壮观的大雪"；而 sparrow batch 指的是"4月的降雪"，据说发生在此时的降雪预示着各类鸟儿即将回归。

当地人亲切地将其居住的岛屿称作"岩石岛"（The Rock），鸟类的迁徙标志着"岩石岛"的季节变迁，随着4月降雪而迁徙回纽芬兰的鸟儿包括白喉带鹀（其颈部有明显的黄白条纹）、沼泽带鹀、狐色雀鹀、稀树草鹀、林氏带鹀等。每到深秋，鸟儿们便会成群飞入茂密的灌木丛中寻找种子吃。然而种子的数量总是有限的，且鸟儿们绝不可能受得住零度以下的冬季严寒，所以它们必须在冬季到来前另觅他处，在那儿度过一年中最黑暗寒冷的几个月。夜晚逐渐变长，这意味着冬日将近，鸟儿们开始向着美国中部或是南部的越冬地飞行。尽管这段旅程长达数千公里，它们却能够凭借着从祖先那里遗传来的基因向着目的地精确地移动，这种卓越的定位导航能力恐怕连莱夫·埃里克松都会羡慕不已。在冬季，鸟儿们的体重会增加不少，这是它们在为开春的长途迁徙蓄积能量，在 4 月的降雪翩然而至之时，它们便会蓄力飞回北方进行繁殖。

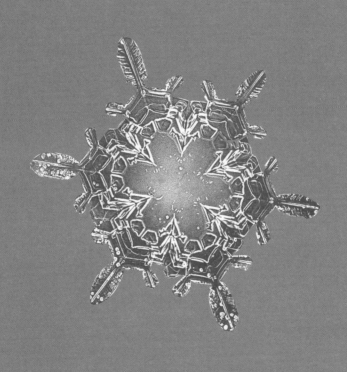

# 47. Hau kea
## 白雪
## 夏威夷语

　　在夏威夷，最有可能看到雪的地方是岛上沸腾的火山口上。冬季，夏威夷三座最高的火山——莫纳罗亚峰、哈莱亚卡拉峰和莫纳克亚峰——山顶的温度都降至冰点以下，这时积雪便可能会出现在火山口。莫纳克亚（Mauna Kea）的意思是"白山"，夏威夷人将它视为圣山，它是四位冰雪女神之一的波利阿胡的家乡。波利阿胡是夏威夷最美丽的女神，也是烈火山女神贝利的死敌。

　　莫纳克亚火山是世界上最高的岛屿山。在那里，你会觉得自己离太阳、各大行星和其他星星距离更近。波利尼西亚的航海家曾经靠着观察行星的升起和落下绘制了海域图，靠着海域图，他们发现了夏威夷。第一批登陆夏威夷的移民便如此善于观测星象，这也难怪为什么今天的夏威夷大学会以天文学为其专长。夏威夷大学拥有世界一流的天文设施，这其中包括 13 台望远镜，它们均位于莫纳克亚山的山顶。近年来，尽管天文学家架设的镜头已经足够精密，但很显然他们仍旧不满足，仍然寻求在山顶安置更为复杂的仪器。2014 年，巨型 30 米望远镜项目计划落地夏威夷，科学家们计划在山顶建设更多天文设施，这一举动更像是对早期航海家传统的延续。再后来，科学家们计划将世界上最大的拼合镜面望远镜也架设在莫纳克亚山上，他们认定这促进了文化与科学的进一步融合，是对人类不断向未知探索的精神致敬。

但是，并非所有人都认为这种发展是对古代知识的尊重。许多人坚信莫纳克亚山是圣山，他们不希望看到人们再以科学的名义对其进行开发。环保主义者认为大规模架设望远镜会导致栖居在山间的本地鸟类流离失所。2015 年，示威者进行了游行，他们封锁了道路，将架设望远镜的工作人员请离了山顶。这些示威者认为自己不是抗议者，而是山区的保护者，他们甚至称自己为 Kia'i，Kia'i 在夏威夷语中意为"保护神"。

抗议者抗议时正值冬季，天气寒冷。一些民众为了声援他们悄悄向其营地送去了坚固的帐篷、取暖器和大量保暖的衣物。

2020 年 1 月，一场暴风雪来袭，莫纳克亚山落下的积雪足有 70 厘米厚，而岛上其余各处的积雪达到了约 2.5 米深，积雪阻断了通往山顶的公路。大自然以及雪山女神波利阿胡似乎是在向抗议架设望远镜的人们伸出援手，因着这场大雪，抗争的双方同意"休战"两个月。想要建造望远镜的财团暂停建造，而抗议者也因为暴雪暂时撤出营地并暂停示威。

抗议者在示威时会演唱歌曲，而这些歌曲的歌词是由夏威夷语写成的。夏威夷语是一种丰富的多义性语言，其中一个单词或短语可以具有多种共存的含义。以 Hau 为例，它可以用来指代雪，也可以用来指代任何与寒冷有关的表达（冰、霜、露），其余含义还包含一阵微风，一种长毛象，一种在温暖的地方生长的带有心形叶子的芙蓉树，珍珠贝壳或浮石（专门指代白雪的词汇只有 hau kea 一词，它是专门对应"雪"本身这个概念的）。夏威夷语词汇从某种意义上代表着一种兼容并包地看待世界的方法和视角，而这种方法恰巧与约翰内斯·开普勒在其天文学著作中的观点有异曲同工之妙。开普勒是 17 世纪的德国天文学家，他对广袤无际的太阳系的探索研究为西方天文学发展奠定了基石。

开普勒将宏观上燃烧着氢气的星体与微观形式的冷冻晶体联系起来。在研究并绘制了行星的椭圆运动图之后，开普勒将研究焦点转向了雪，他曾经写道："降雪从天而至，外观如星辰。"

或许我们并不需要透过 30 米望远镜才能观测星辰。人们其实只需要在一个冬日的夜晚爬上莫纳克亚山的顶峰，一边唱着夏威夷语的祝歌，一边抬头仰望天空，也许这才是读懂浩瀚星河最好的方式。

# 48. Virgen de las Nieves
## 雪圣母
## 西班牙语

在公元 4 世纪教宗利伯略在位期间，一对虔诚的教徒夫妇希望将自己的财富捐赠给教会，但他们苦于不知以何种方式捐赠。圣母玛利亚降下了启示，她显现在夫妇二人面前令其为自己修建一座教堂，而修建教堂的时间和地点则需要等待她的授意。在 8 月的一个夜晚，在一天的炎热消散后，一层薄雪轻盈地降落在埃斯奎利诺山的山顶。这对有钱的夫妻确定这便是他们一直在等待的奇迹，他们随即令人在山上建造教堂。

在历经了数个世纪后，直到今天，该教堂仍然保持着在每年 8 月 5 日庄严弥撒结束时由教堂顶部洒落白玫瑰花瓣的传统。除此之外，在当天的日落时分，人们还会在教堂外的广场上制造一场人工降雪，这都是为了纪念当初使教堂得以落成的雪圣母（甚至直到今天不少人仍然以圣母雪地殿来称呼该教堂）。不过，多数人都认为当年雪圣母现身只是人们口口相传的传奇故事，而非真正的神明显灵，可这并不影响世界各国的人们举行与雪圣母相关的庆祝或是供奉仪式。除去圣母雪地殿，世界各地有许多教堂的落成都和雪圣母有关。

1717 年 8 月 5 日，牧师马丁·德梅里达徒步穿越内华达山脉前往格拉纳达。在德梅里达抵达卡里维拉山的山顶时，突然刮起了激烈的暴风雪。要知道即便是天朗气清的日子，攀登这样的悬崖峭壁也是极为危险的。被暴风雪困住无计可施的德梅里达只能默默祈祷救援出现。就在他祈祷之际，圣母玛利亚出现在暴风雪的中心，使得风停雪驻，圣母玛利亚随后为德梅里达指明了抵达下方山谷安全地带的方向。从此之后，人们便把这处险峻的山脉称作是圣母山（Tajos de la Virgen），而卡里维拉山则被认为是内华达山脉的圣峰。隔年，德梅里达便令人在山顶处修建了一座修道院，可修道院建成没多久便暴风雪摧毁了（当然这也并不令人感到意外）。

1724 年，牧师在山麓地带的草坡处修建了另一座修道院，可不幸的是这一座也同样在暴风雪的袭击下成了废墟。1745 年，新的修道院在海拔更低处落成，它经受住了极端天气的考验，直到今天还伫立在山中。如今这座建筑是内达华山脉自然公园的导览室，而从其名字"Old Hermitage"（意为"旧修道院"）我们便可知晓其最初的用途。德梅里达遭遇的最神奇之处并非在夏日的山间会出现暴风雪，而是雪圣母在人类最需要帮助的时候会伸出援手。

在接近赤道的加那利群岛同样崇拜雪圣母，拉帕尔玛岛和兰萨罗特岛的岛民认为她是当地的守护神。这些居住在大西洋上、坐拥宜人岛屿风光的人们笃信雪圣母的庇佑力量，她可以使他们远离海盗的袭击、免受火山喷发和干旱灾害的影响。在当地流传着一句古老的西语天气谚语："一年雪来一年粮。"（Año de nieves, año de bienes）每年晚降的落雪降落在耕地上后融化，为炎热地区农作物生长提供了必要的水分。当地人将圣母玛利亚塑像供奉在拉帕尔玛岛的一处圣所中。自1680年的一场大旱后，每隔五年人们都会举行一次圣母游行，期间朝圣者会将圣母塑像放置在银色宝座上带至首府圣克鲁斯拉帕尔玛岛。

在加那利群岛最大的岛特内里费岛上，有一座小型的修道院，该修道院位于泰德峰的山坡处，专门用来供奉圣母玛利亚。该教堂是全西班牙境内海拔高度最高的基督教教堂，教堂内祥和静谧，教堂外天空湛蓝，山坡上仍有岩浆留下的痕迹，两相之间形成了鲜明的对比。据说在20世纪60年代，五名来自拉帕尔玛岛的移民穿越大西洋前往委内瑞拉的卡瓜并在当地安家，他们带来了圣母玛利亚。在抵达后不久，圣母的供奉者便开始筹集资金，意欲在当地打造与家乡的圣母像一模一样的复刻品，即一座被白色帷幔以及星空顶包围的圣母像。最终这座圣母像在 1976 年于圣何塞德教堂落成。这座教堂与埃斯奎利诺山的圣母雪地殿距离遥远，而促使其落成的主角却是相同的。

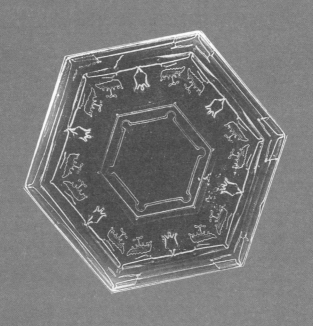

# 49. зуд
## 发生在寒冬的灾害
## 蒙古语

在蒙古国的草原上，衡量人们财富的指标是动物蹄子的数量。几个世纪以来，在春季游牧民一直在低地郁郁葱葱的牧场上放牧，而冬季他们则在有所遮蔽的高地地区躲避肆虐的大风。蒙古国人烟稀少，居住人口约 300 万人，然而相对于人口，在草原上生活的动物倒是数量众多。一位牧民通常拥有绵羊、山羊、牛、马或骆驼，每种动物大约畜养千余只。有些牧民也会养猪、各类家禽以及蜜蜂。牧民们主要依靠出售牛奶、羊毛和动物皮毛来贴补生活。蒙古国有接近三分之一的人口完全依靠农业为生，但如今随着从事畜牧业的收入逐渐降低，牧民的数量也越来越少。

"蒙古"一词在蒙语中意为"永恒的蓝天之地"。尽管在一年中蒙古国的草原有 250 多个晴天，但当大量冷空气从西伯利亚吹向南方时，天气可能会变得极为寒冷。甚至碧蓝的天空也会给牧民带来焦虑，因为这意味着寒冷即将来袭。牧民们都知道，但凡夏季炎热干燥，那么当年的冬天一定寒冷异常。强降雪和降雪稀少都会带来自然灾害，蒙古人把这种因寒冬引发的灾害叫作"扎德"（蒙语写作 зуд，读作扎德），他们依照"扎德"的面貌及影响对其进行了分类（以下几种"扎德"名称均为其原始蒙语发音的汉语音译）：

- "查干扎德"（直译意为"白色灾害"）

一种会对动物向草地迁徙造成阻碍的雪灾；

- "卡尔扎德"（直译意为"黑色灾害"）

因戈壁放牧地带缺乏降雪而导致牲畜和放牧者处于极度干旱的环境中的灾害；

- "图默扎德"（直译意为"铁一样的灾害"）

在短暂的温和天气后突如其来的低温霜冻天气引发的灾害。霜冻天气地表会形成一层薄冰，在这种情况下放牧就变得极为困难；

- "奎顿扎德"（直译意为"寒冷导致的灾害"）

因连续数日低温导致的灾害。这种低温往往伴随着强风，在如此恶劣的气候下牲畜们需要消耗大量能量来防止热量散失，如此一来放牧活动就变得不可能了。

对于"扎德"，牧民们打心底里感到恐惧。在千禧年前后蒙古国发生了史无前例的雪灾，牧民们损失的动物多达数百万只。面对灾害牧民们大多数时间都无能为力，他们只能眼睁睁看着大量牲畜的尸体躺在大草原上，任由金雕和其他食腐动物啄食。绝望的牧民们屠杀了育种动物，他们认为羊群不繁育小羊的话便会变得更强壮一些，这样它们更有可能挺过寒冬。雪灾当前，不仅绵羊们要忍受饥饿，牧民们也要面临生存的威胁。

经济危机迫使许多牧民放弃了牧区的生活，转而迁往城市地区，蒙古国首都乌兰巴托是牧民们的首选。乌兰巴托位于土拉河谷地带，是世界上最冷的城市之一，在1月当地气温可低至零下30摄氏度。北部郊区的失业者和穷困牧民数量不断增长，越来越多的人迁入乌兰巴托，截至20世纪末，迁入的牧民增长了百分之十五。而这一切都或多或少和寒冬引发的灾害有关。

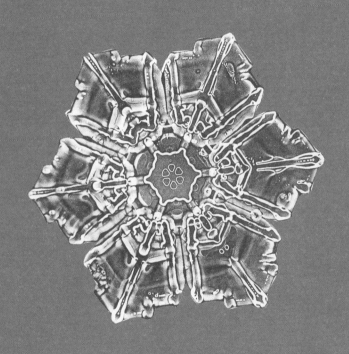

# 50. Suncups
## 在雪地表面形成的空洞
## 英语

　　在雪地表面有时会有凹陷的空洞出现，这些空洞并不大，差不多只有老年人钟爱的怀表表盘那么大。当雪层表面的微风促进雪脊部分加速蒸发，而同时太阳在雪地的凹陷部分持续照射时，这种如蜂巢一样的雪地结构便形成了。由于雪的蒸发比融化需要更多的热量，因此从高处以蒸汽形式流失的雪比从中空部分以融化水形式流失的雪少。空洞的融化速度快于蒸发点的蒸发速度，所以空洞会越来越深。在北半球，雪地的南部先于北部受到日光的照射，所以南部形成空洞的速度更快。而越是向纬度高的寒冷地带移动，这种趋势便越明显。

# 致　谢

　　本书的完成离不开那些无私与我分享语言知识以及对雪的热情的朋友们（注：括号中为其提供的语言知识的语种）。他们是：Theophilus Kwek（汉语），Hanne Busck-Nielsen, Mette-Sophie D. Ambeck（丹麦语），Carinne Piekema, Natasha Herman and Adrian Kruit（荷兰语），Mikhel and Jenny Zilmer（爱沙尼亚语），Mark Olival-Bartley（夏威夷语），Matthew Teller and Marryam Reshii（克什米尔语），Anna Iltnere（拉脱维亚语），Egidija Čiricaitė（立陶宛语），Gregory Cowan（蒙古语），Marlene Creates（纽芬兰英语），Imi Maufe（挪威语），Laura Fernández-González（西班牙语和奇楚亚语），Elspeth Napier, Ken Cox of Glendoick Garden Centre（藏语），Jenny Gal Or（托克皮辛语），Ralph Kiggell（泰语），Nasim Marie Jafry（乌尔都语），and Phil Owen（威尔士语）。

# 参考书目

注：所有的国名都按照现今国际标准拼写

## 序章

Italo Calvino, *Marcovaldo: Or, the Seasons in the City*, trans. W. Weaver (London: Vintage, 2001).

Seamus Heaney, "Digging", from *Death of a Naturalist*, (London: Faber and Faber, 1966)（本文使用的部分获得了版权所有者 Faber and Faber Ltd 的许可）。

关于更多 "Inuit Snow Conspiracy" 的相关信息，详见以下文献：

Laura Martin，"'Eskimo words for snow': a case study in the genesis and decay of an anthropological example", *American Anthropologist* 89, 2 (June 1986): 418-423.

Steven Pinker, *The Language Instinct: The New Science of Language and Mind* (London: Penguin, 1994).

### 1. Seaŋáš　松软的颗粒状雪　萨米语

有关国际雪分类标准，详见 "The International Classification for Seasonal Snow on the Ground"，相关网址 : https://www.hydrology.nl/ihppublications/178-the-international-classification-for-seasonal-snow-on-the-ground.html。

### 2. 雪女　雪女　日语

本节中提供的有关雪女的故事是在拉夫卡迪奥·赫恩，即小泉八云的原作基础上的重述，原著收录在 *American Fantastic Tales: Terror and the Uncanny from Poe to the Pulps* 一 书 中 (New York: Library of America, 2009) pp. 282–285；其最初发表于 *Kwaidan: Stories and Studies of Strange Things* (New York: Houghton Mifflin, 1904)。

### 3. Immiaq　融化的雪水和啤酒　格陵兰语

本节中有关酿酒的信息取自以下文献：

Keld Hansen, *Nuussuarmiut – hunting families on the big headland: demography, subsistence and material culture in Nuussuaq, Upernavik, Northwest Greenland*, Man & Society Series, no. 35 (Copenhagen: Museum Tusculanum Press, 2008).

### 4. Smoor　受困于暴雪中而死　苏格兰语

James Hogg, *The Shepherd's Guide, Being a Practical Treatise on the Diseases of Sheep Their Causes, and the Best Means of*

*Preventing Them*; *with Observations on the Most Suitable Farm-stocking for the Various Climates of this Country* (Edinburgh: Archibald Constable, 1807).

James Hogg, *The Shepherd's Calendar* (Edinburgh: William Blackwood, 1829).

对于打算涉猎霍格作品的朋友，建议从他的自传读起，该自传信息如下：

James Hogg，*The Private Memoirs and Confessions of a Justified Sinner*, (Edinburgh: Canongate Canons, 2018).

本节其余参考文献：

Robert Burns, "Tam O'Shanter", in *The Complete Illustrated Poems, Songs and Ballads of Robert Burns* (London: Lomond, 1990).

## 8. שלג　雪　希伯来语

本节的引用均来源于钦定版圣经（the King James Bible）。

## 9. заструги　雪脊　俄语

原文中使用到的 Finnesko 一词指的是一种柔软的皮靴，原产于拉普兰（Lapland），在寒冷的天气下行进时穿这种靴子是极为适宜的。

Ernest Shackleton, *The Heart of the Antarctic: The Farthest South Expedition 1907—1909* (Ware: Wordsworth Editions, 2007).

## 10. Hundslappadrífa　大如狗爪印的雪片　冰岛语

P. C. Headley, *The Island of Fire: Or, A Thousand Years of the Old Northmen's Home*, 874–1874 (Boston: Lee & Shepard, 1875).

## 11. शीन्　雪　克什米尔语

克什米尔语的主要使用区域是克什米尔和查谟地区，它同时也是印度 22 种联邦官方语言中的一种。

## 13. Penitentes　如忏悔者的尖顶长帽形状的雪柱　西班牙语

Charles Darwin, *Journal of researches into the geology and natural history of the various countries visited by H.M.S. Beagle, under the command of Captain Fitz Roy, R.N., 1832 to 1836.* (London: Henry Colburn, 1839).

## 14. Cīruļputenis　如云雀般的暴风雪　拉脱维亚语

George Meredith, "The Lark Ascending", in *Poems and Lyrics of the Joy of Earth* (London: Macmillan, 1883).

## 15. ᏓᎳᏏ　雪　切罗基语

切罗基语（在切罗基语中其自身也被称为 Tsalagi 或ᏣᎳᎩ）属于易洛魁语的一种，它与莫霍克语（Mohawk）和塞内卡语（Seneca）等其他语言有关。2019 年，切罗基部落三理事会宣布切罗基语濒临灭绝，事态紧急。本节中关于麻雀的民间故事

来源于 *The Sparrow and the Trees: A Cherokee Folktale* (Mount Pleasant, SC: Arbordale, 2015)。

### 18. Tykky　树冠积雪　芬兰语

J. R. R. Tolkien, letter no. 163 to W. H. Auden, 7 June 1953, in *Letters of J. R. R. Tolkien* (London: George Allen & Unwin, 1981), p. 214.

### 19. برفانی چیتا　雪豹　乌尔都语

本小节中关于雪豹作为濒危物种的阐释参考了《国际自然保护联盟濒危物种红色名录》(the International Union for Conservation of Nature Red List of Threatened Species) 提供的信息。

### 20. Snemand　雪人　丹麦语

文中有关 "The Snow Man" 的叙述引用来源为：

Hans Christian Andersen, *Fairy Tales*, trans. Tiina Nunnally, ed. Jackie Wullschlager (New York: Viking, 2005).

本节其余参考文献：

Peter Høeg, *Miss Smilla's Feeling for Snow*, trans. Tiina Nunnally [F. David], (London: Harvill, 1993).

### 21. μαύρο χιόνι　黑色的雪　希腊语

Aristotle, *Meteorology*, trans. E. W. Webster, part 11, http://classics.mit.edu/Aristotle/meteorology.1.i.html.

*Anaxagoras of Clazomenae: Fragments and Testimonia, a Text and Translation*, trans. Patricia Curd (Toronto: University of Toronto, 2007).

Aristotle, *History of Animals*, trans. D'ArcyWentworth Thompson,http://classics.mit.edu/Aristotle/history_ anim.html.

## 26. Calóg shneachta　雪花　爱尔兰语

James Joyce, *Dubliners* (London: Penguin Modern Classics, 2000).

James Joyce, *A Portrait of the Artist as a Young Man*, (London: Penguin Modern Classics, 2000).

## 27. Huka–rere　雪 / 毛利人神话中的雨神和风神之子 毛利语

G. Grey, *Polynesian Mythology*, illustrated edition (Christchurch: Whitcombe and Tombs, 1956).

## 31. Omuzira　雪　卢干达语

Roberto Montovani worked directly from Abruzzi's notes. Part of his account is available online: http://www.rwenzoriabruzzi.com/the-1906-scientific-climbing.

## 33. Sniegas　雪　立陶宛语

Armand-Augustin-Louis Caulaincourt, *With Napoleon in*

*Russia*, trans. Jean Hanoteau (New York: Dover, 2005).

## 36. हिम　雪　梵文

R. C. Wilson, "Kailash Parbat and Two Passes of the Kumaon Himalayas", *Alpine Journal* 40, no. 230 (1928): 23–37.

Peter Ellingsen, "Scaling a Mountain to Destroy The Holy Soul of Tibetans", *World Tibet Network News*, June 2 2001.

## 37. Qasa　雪 / 冰　奇楚亚语

*The Discovery and Conquest of Peru: Chronicles of the New World Encounter*, ed. and trans. Alexandra Parma Cook and Noble David Cook. (Durham, NC: Duke University Press, 1998).

"它是印加文明特殊和独特的见证"见 https://whc.unesco.org/en/list/1459。

## 38. በረዶ በረዶ　雪 / 冰雹　阿姆哈拉语

"一把石椅上发现了一段古老的铭文",该铭文为 *Monumentum Adulitanum*。

Henry Salt, *A Voyage to Abyssinia and Travels into the Interior of that Country* (London: Frank Cass, 1967).

## 39. Ttutqiksribvik　用于停船的浮冰　因努皮亚克语、威尔士方言

Susan W. Fair, "The Northern Umiak: Shelter, Boundary,

Identity", *Perspectives in Vernacular Architecture* 10 (2005): 233–248.

Winton Weyapuk Jr, Herbert Anungazuk, Pete Sereadlook and Faye Ongtowasruk "Alphabetical List of Kingikmiut Sea Ice", *Kiŋikmi Sigum Qanuq Ilitaavut / WalesInupiaq Sea Ice Dictionary*, pp. 15–23. https://jukebox.uaf.edu/site7/sites/default/files/documents/Preserving-our-Knowledge--Wales-Dictionary.pdf.

### 40. Ais i pundaun olsem kapok  雪 / 像棉絮一样落下的冰 托克皮辛语

Ronald Skeldon, "Volcanic Ash, Hailstorms and Crops: Oral History from The Eastern Highlands of Papua New Guinea", *Journal of the Polynesian Society* 86, no. 3 (1977): 403–409.

### 42. Eira  雪  威尔士语

*Reports of the commissioners of inquiry into the state of education in Wales* (UK Government Paper, 1846), part 2, no. 9, p. 66.

Glyn Williams, "Welsh Contributions to Exploration in Patagonia", *Geographical Journal* 135, no. 2 (1969): 213–227.

### 44. <ᑫ  雪刀  因纽特语

Mitiarjuk Nappaaluk, *Sanaaq: An Inuit Novel*, trans. Bernard Saladin D'Anglure (Winnipeg: University of Manitoba Press, 2014).

## 47. Hau kea　白雪　夏威夷语

本小节提到的夏威夷当地示威者为反对架设望远镜而演唱的歌曲可参考由 Oiwi 电视频道拍摄的歌曲视频，视频网址为 https://youtu.be/F48O1qMi4ww。